달
로

가
는

남
자

달로 가는 남자

2021년 6월 29일 1판 1쇄 인쇄 / 2021년 7월 5일 1판 1쇄 발행

지은이 박방희 / 펴낸이 임은주
펴낸곳 도서출판 청동거울 / 출판등록 1998년 5월 14일 제406-2002-000128호
주소 (10881) 경기도 파주시 문발로 115 (파주출판도시) 세종출판벤처타운 201호
전화 031) 955-1816(관리부) 031) 955-1817(편집부) / 팩스 031) 955-1819
전자우편 cheong1998@hanmail.net / 네이버블로그 청동거울출판사

출력·인쇄 세진피앤피 / 제책 우성제본

ISBN 978-89-5749-219-2 (03810)

달로 가는 남자

박방희 소설집

청동
거울

나는 이제 소설로 세상에 말을 건다.

더러 세상에 시비하거나
도발도 하게 될 것이다.

만 75세에 첫 작품집을 내며

박방희

차례

머슴과 참꽃

아직 본격적인 농번기가 시작되기 전인 봄날, 산 고개를 넘어 오는 나뭇짐 행렬들이 있다. 멀리서 보면, 나뭇짐에 파묻혀 지고 오는 사람은 안 보이고 나뭇짐들만 동동 떠오는 것 같다. 그래서 그런지 나뭇짐들은 동긋한 초가지붕 같기도 하고 눈물방울 같기 도 하다. 그렇게 고개를 넘어오며 비끼는 저녁 해에 물들면 애잔 하게까지 비친다.

고개 너머 한참 아래로는 집들이 옹기종기 모여 있는 마을이 나온다. 들 따라 자리 잡은 마을마다 지금 저녁 짓는 연기들이 피 어오르고 있다. 마을이 가까워질수록 나뭇짐들은 점점 더 크게 보인다. 산에서 내려와 산을 닮아 그런지 나뭇짐들은 봉긋봉긋 산봉우리들을 닮았다.

그 중에 우뚝한 봉우리 하나가 내 건너 큰마을로 들어온다. 머슴의 나뭇짐이다. 나뭇짐 앞머리가 환하다. 발간 갈비에 삭정이와 푸른 솔가리를 덧대어 묶은 나뭇짐 위에 참꽃 한 다발이 꽂혀 있다. 꽃다발은 걸음을 떼놓을 때마다 너풀너풀 나뭇짐 위에서 춤을 춘다. 참꽃 다발에 묻혀 아른아른 따라오는 나비도 있다. 꽃 위에 앉았다 날아올랐다 하며 춤추듯 따라온다. 나비는 참꽃 향기 때문에 따라오는 것일까? 아니면 꽃 꺾어 오는 머슴의 마음이 예뻐 따라오는 것일까? 어쩌면 나비는 꽃잎 속에 비치는 머슴의 눈물을 보았을지도 모르겠다.

마을에 들어서자 어느새 해는 지고 골목에는 이내가 깔린다. 어둑함 속에서 나뭇짐 위에 꽂힌 꽃은 더욱 붉다. 다시 한 번 꽃 꺾어 오는 머슴의 마음이 궁금해진다. 지금 꽃 꺾어 오는 머슴의 마음은 어떤 마음일까? 그의 마음에도 빨간 꽃물이 들었을까? 무슨 연유로 꽃을 꺾어 보란 듯이 나뭇짐 위에 꽂고 올까? 혹, 누구에게 바치기 위해 꺾어 온 것은 아닐까? 그렇다면 저 꽃의 임자는 누구일까? 저 붉고 화사한 마음을 받을 사람은 누구일까……. 생각이 꼬리에 꼬리를 물며 궁금함을 이어간다.

머슴의 뒤를 따라가 본다. 나비처럼 나폴 나폴 따라가 본다.

어쩌면 주인집의 어린 딸일지 모른다. 아니면 마음을 주고 있는 이웃집 처녀인지도 모른다. 어쩌면 정분난 마을 과부댁인지도 모른다. 아직은 알 수 없다. 끝까지 따라가 보는 수밖에 도리가 없다. 어쨌든 지금 그의 발걸음은 가볍고 경쾌하기까지 하다.

봉우리 하나를 지고 주인집 마당으로 들어선 머슴은 뒤란으로 돌아간다. 주인집 딸이 눈을 주었지만 쳐다보지 않는다. 뒤란에다 나뭇짐을 부린 그는 평상으로 와 저녁을 먹는다. 상을 물리고 숭늉으로 입을 헹군 머슴은 다시 뒤란으로 돌아간다. 나뭇짐 위에 꽂힌 참꽃 다발을 빼들고 대문을 나선다.

이집 저집, 등불이 켜지고 하늘엔 별들이 초롱초롱하다. 꽃을 든 머슴은 어둔 골목길을 환하게 걸어간다. 이웃집의 키 큰 처녀가 담 너머로 바라보아도 그냥 지나친다. 호롱불 밝혀진 과부댁 골목으로도 들지 않는다. 머슴은 마을 끝 외따로 떨어져 있는 그의 오두막을 향해 걸어간다. 개 짖는 소리며 뉘 집에선가 시끄럽게 싸우는 소리도 그의 발걸음을 멈추게 하지는 않는다.

머슴의 오두막에도 불이 켜져 있다. 방안에는 아들을 기다리는 그의 어머니가 오도카니 앉아 있다. 아들의 발걸음 소리가 사립짝으로 들어서자 방문이 열린다. 발간 불빛이 어머니 마음처럼 마당으로 쏟아진다. 그 불빛 속으로 성큼 들어서며 머슴이 어머니를 부른다.

"오매."

"늦었구나."

어머니에겐 아들이란 언제나 늦는 법이다.

"달이 떴어요."

오늘은 그믐인데 달이라니! 어머니가 웃으며 농을 받는다. 아들은 어머니에겐 언제나 환한 보름달이니까.

"그래."

그가 참꽃 다발을 어머니 손에 쥐어준다. 갑자기 방안에 달이 뜬 듯 밝아진다. 꽃을 받아든 어머니가 가만히 코에 갖다 대며 환하게 웃는다. 불그레 물든 그 웃음에는 처녀 적의 수줍음이 배어 있다.

머슴이 꺾어 온 꽃은 주인집 어린 딸을 위한 것도, 마음을 주고 있는 이웃 처녀를 위한 것도, 정분난 마을의 과부를 위한 것도 아니었다.

바로 그의 눈먼 어머니를 위해 꺾어 온 꽃이었다.

손 님

아이는 눈을 말똥거리며 잠들지 않으려고 애썼다. 아버지가 올지 모르기 때문이다. 그러다가 아이는 이내 잠에 떨어졌다. 애들이란 초저녁잠에 약한 법이니. 그러나 마음속으로 잠들면 안 된다, 안 된다, 라고 수백 번도 더 뇌까린 탓에 아이는 깊은 잠에 빠지는 않았다. 깜빡 깜빡 졸다 어렴풋이 깨어났다가 다시 잠에 빠지곤 했다.

이런 아이를 두고 어머니는 토끼잠을 잔다고 나무랐다. 아침에는 늘 늦잠에 빠졌던 것이다. 그럼에도 아이는 잠버릇을 고칠 생각은 없었다. 언젠가 잠결에 언뜻 본 아버지 모습을 다시 한 번 똑똑히 보아야 했고, 그 아버지가 바로 오늘밤 집에 올는지 알 수 없기 때문이었다.

아이는 아버지에 관해 두 가지 이야기를 듣고 있었다. 아버지가 장사하러 멀리 갔다는 것이다. 어머니뿐만 아니라 집안사람 모두가 그렇게들 말했다. 물론 아이는 이 이야기를 믿었다.

다른 하나는 아이가 결코 믿고 싶지 않은 이야기였다. 아버지가 빨갱이라는 것이다. 그래서 군인들이나 경찰에 쫓겨 다닌다는 것이다. 마을 사람들이 그런 이야기를 수군거리는 데다가 동무들도 전쟁놀이를 하면서 그랬다.

"빨갱이 새끼는 빨갱이 군대 하기다."

전쟁놀이에서 인민군대나 빨치산들은 언제든 쫓겨 다니다가 붙들리거나 총 맞아 죽어야 했다. 그래서 아이는 병정놀이하는 데는 끼이지 않았다. 동무들이 병정놀이를 하자면, 도리질을 하며 큰 소리로 말하곤 했다.

"울 아부지 빨갱이라는 건 새빨간 거짓말이다. 쪼매마 있으마 돈 많이 벌어 오신다!"

아이들은 우하하하! 웃어댔다. 그리고 막대기를 총처럼 겨누어 다다다, 하면서 저들끼리 내달았다. 그럴 때마다 아이는 집에 와서 어머니에게 물었다.

"아부지는 언제 와?"

"……"

"아부지는 언제 와?"

"……."

"아부지는 언제 와?"

그렇게 몇 번을 물으면 어머니는 마지못해 대답하였다.

"조금만 기다리면 오신다."

"돈 많이 벌면 오지?"

"응."

"진짜 맞지?"

"응."

아이는 의기양양한 얼굴이 되어 다시 놀러 나가는 것이었다.

그러던 어느 날 밤이었다. 아이가 잠결에 무슨 두런거리는 소리를 들은 것 같아 눈을 떠 보았다. 불 꺼진 방이 이상하리만치 환했다. 달빛이 닫힌 창호지문을 비추고 있었다. 그리고 윗목에는 어떤 도깨비 같은 남자가 어머니와 마주앉아 있었다. 남자가 바깥의 달빛을 묻혀 온 듯했다. 그의 머리카락과 목덜미, 겨드랑이 사이사이로 달빛이 묻어났다. 아이가 잠결인 듯 꿈결인 듯 아부지, 하며 손을 내밀려고 하는데 도무지 목구멍에서 말이 되어 나오지 않았다. 그러다가 다시 잠들고 말았다.

이튿날 아침, 눈을 뜨자마자 아버지를 찾았다. 아버지도 없고 도깨비 같은 남자도 없었다. 아이가 어머니에게 물었다.

"아부지는 어데 갔노?"

"야가 무슨 소리 하노? 빨랑 일어나 세수나 해라."

그러나 아이는 어머니 말을 곧이듣지 않았다. 아버지가 밤중에 몰래 집에 와서 어머니를 만나고 갔다고 믿었다.

그때부터 아이는 아버지를 기다렸다. 밤에 자지 않고 있다가 아버지를 만나, 아버지가 빨갱이가 아니라는 대답을 꼭 듣고 싶었던 것이다. 그러나 그런 날은 좀처럼 오지 않았다. 초저녁 얼마 동안은 눈을 말똥거리며 깨어 있다가 어느새 잠에 곯아떨어지곤 했다. 그렇다고 아이가 잠든 사이 아버지가 다녀간 흔적도 없었다. 아이는 포기하지 않고 끈질기게 기다렸다. 머잖아 아버지가 집에 다니러 오실 것이고 그러면 그때 아버지에게 꼭 물어보아야 했던 것이다.

그러던 어느 날이었다. 잠이 들었다 깨었다 하는 어느 순간에, 아이는 어렴풋이 두런거리는 소리를 들었다. 아이가 번쩍 눈을 떴다. 이번에는 용케도 금방 눈이 떠졌다. 심지를 낮춘 호롱불이 어두컴컴한 방안을 비추고 있었다. 한 남자가 벽을 등지고 있었다. 남자는 매우 어둡게 느껴졌다. 그가 어둠을 묻혀 온 듯했다. 그의 몸 구석구석에서 풀풀 어둠이 풀려나와 방안을 더욱 어둡게 하였다. 그가 한숨을 푹 내쉬었다. 그 한숨 속에서도 어둠이 풀려 나오며 호롱불이 흔들렸다. 이제 완전히 잠에서 깬 아이가 그를 불렀다.

"아부지."

사내가 어머니를 쏘아보며 천천히 고개를 가로저었다. 어머니가 말했다.

"아부지 친구 분이다. 아부지 심부름으로 오셨다. 너는 아무한테도 집에 손님이 오셨다는 걸 얘기하면 안 된다. 알겠지?"

아이가 대답이 없자, 어머니가 다시 말했다.

"알았지? 그만 자거라."

사내가 자리를 털고 일어났다. 아이의 어머니가 그를 따라 일어섰다. 그 순간 일렁이던 불빛이 아이를 드러내었다. 사내가 잠깐 발을 멈추어 아이를 내려다보았다. 다시 한 번 한숨 소리가 들렸다. 곧 문 여닫는 소리가 나고 마당을 건너가는 발자국 소리가 나팔꽃처럼 열어 놓은 아이의 귀에 들렸다. 그 소리마저도 곧 사라졌다.

그리고 조금 있다가 비로소 아이는 눈을 감은 채 소리 죽여 흐느꼈다. 누가 왔었다고 아무에게도 말해서는 안 되는 그 사람이, 바로 어둠에 쫓기고 있는 아버지라는 것을 아이는 알고 있었던 것이다.

아버지는
더 이상 집에 오지 않는다

어머니는 아까부터 식탁을 차리다 말고 멍하니 창밖을 바라보곤 한다. 아버지가 집에 올 때가 된 것이다. 전 같으면 아마 그랬을 것이다. 소년도 어머니가 창밖을 바라볼 때마다 고개를 돌려 내다본다.

그러나 거기엔 아무것도 없다. 차츰 저물고 있는 저녁 풍경만 휑뎅그렁할 뿐, 아버지의 모습은 그림자조차 보이지 않는다. 저벅저벅 골목을 걸어오는 발자국 소리도, 드르륵 문 여는 소리도 들려오지 않는다. 이제 그럴 수 없는 것이다.

아버지는 당국에 붙잡혔다. 더 이상 숨어 살 필요도 없어졌지만 몰래 집에 올 수도 없게 되었다. 벌써 사흘 전의 일이다. 아버지의 동지라는 사람들이 회사에서 나와 위원장님(그들은 소년의 아버지를 그렇게 불렀다)이 체포되었다고 알려 주었다. 얼마간은 감옥생활을 해야 할 것이라고 했다. 조합에서 가족들의 생계를 책임질 것이니 아무 염려 말라는 말도 했다. 어머니는 아버지 걱정을 하면 했지, 가족의 생계 따위는 조금도 걱정하지 않을 것이다. 소년의 예상대로 어머니는 아무 말도 하지 않았다. 다만 지금처럼 물끄러미 저무는 바깥 어둠을 내다보았을 뿐이다.

그렇지 않았다면 오늘쯤은 아버지가 올 날이다. 당국의 수배를 받고 있던 아버지는 며칠에 한 번씩 집으로 왔다. 대체로 하늘이 어둑해지고 골목에 어둠살이 내린 뒤였다. 그래서 소년의 집 저녁은 늘 늦었다. 어머니는 어둡기 전에 식사 준비를 다 해놓고 아버지가 어둠 속에서 환한 얼굴로 나타날 때까지 기다렸다. 그리고 기다릴 동안 자주 소년을 바라보며 미소 짓곤 하였다. 그러나 오늘은 한 번도 소년을 쳐다보지 않고 고개도 돌리지 않는다.

아버지가 올 수 없음이 분명한 날에도 어머니는 아버지 식탁을 차렸다. 먼저, 아버지 밥그릇에 알맞게 밥을 담고 뚜껑을 덮은 다음 아버지가 늘 앉는 자리에 갖다 놓는다. 그러면 소년은 수저통을 열고 아버지가 쓰는 숟가락과 젓가락을 찾아 가지런히 그 옆에다 놓는 것이다. 그러나 이제는 그럴 필요도 없어졌다. 아버지는 더 이상 집에 올 수 없으니까.

바깥은 점점 어두워져 간다. 하늘에는 낮게 깔린 검은 구름장들이 빠르게 흐른다. 어머니는 주걱으로 밥을 푸다 말고 또 그걸 내다본다. 비를 머금은 바람이 창문을 때리며 윙윙거린다. 불빛을 보고 날아온 커다란 나방 한 마리가 창문에 몸통을 부딪치며 파닥인다. 어머니는 이제 눈으로 그 나방을 쫓는다.

국솥을 열고 국을 푸자 거기서도 더운 김이 솟아오른다. 어머니는 습관처럼 뚜껑 닫은 밥그릇 옆에 국그릇을 갖다 놓는다. 그리고 소년 쪽을 힐끗 보며 말한다.

"먼저 먹어라."

아버지가 집에 오는 날에는, 아무도 아버지보다 먼저 숟가락을 들지 않는 것이 소년 가족의 식사 규칙이었다.

그런데 어머니는 소년보고 먼저 먹으라고 한다. 소년이 조심스레 말한다.

"어머니는?"

"……."

"어머니는?"

"나중에."

어머니는 소년 혼자 식탁에 남겨두고 창가로 가 등을 돌리고 섰다. 소년도 가만히 앉아 있다가 다시 창밖을 내다본다. 바깥은 이제 완전히 어두워졌다.

소년은 다시 고개를 돌려 식어가는 국그릇을 들여다보았다. 배

24

에서 꼬르륵, 소리가 났다. 오늘쯤은 아버지가 오는 날이기도 하고, 지금쯤은 기다리고 있어야 할 시간이기도 하다. 그러나 아버지는 붙잡혀 갔다지 않는가!

소년은 조금 성난 목소리로 말했다.

"아버지 기다려?"

"……."

"아버지 기다려?"

"아니."

"그런데, 왜?"

"……."

"그런데, 왜?"

"……."

어머니는 더 이상 말이 없다. 여전히 창문에 붙어 서서 망연히 바깥을 내다보고 있다. 어머니의 처진 어깨 너머로 나방이 다시금 안으로 들어오려고 파닥이는 것이 보인다. 은빛 가루가 유리창에 묻어난다. 그 너머로 아버지의 모습이 어둡게 떠오른다. 갑자기 소년의 눈이 뜨거워지며 목이 메어온다. 소년도 이제 어머니처럼 아무 말도 할 수 없다. 아버지는 지금쯤 차갑고 어두운 방에 홀로 갇혀 있을 것이다.

국은 이미 오래 전에 식어 있었다. 뚜껑을 열지 않은 밥도 어느

새 식었는지 손을 대어 봐도 따뜻하지가 않다. 어둠은 창 너머로 켜켜이 쌓이고 어머니는 여전히 움직이지 않은 채 그 어둠을 지켜보고 있다.

밝고 따스한 곳

밝고 따스한 곳

그가 누군가를 기다리고 있는 늦은 저녁, 삼거리에는 승용차 하나가 도착했다. 문이 열리고 부부로 보이는 두 남녀가 내렸다.

그는 건너편의 공중전화 부스를 보고 있었다. 부스는 벽 한 면을 공유한 채로 두 개가 나란히 섰고 카드 전화기와 동전 전화기가 각각 별도의 부스 안에 설치되어 있었다. 천장에는 불 켜진 등이 은은한 빛을 흘리고 있어 안은 밝고 따스해 보였다.

여자가 슈퍼 앞 자동판매기 앞으로 다가왔다. 슈퍼에서 비치는 불빛으로 얼굴의 윤곽이 그런 대로 드러났다. 서른대여섯 살쯤 되어 보였다. 푸른색 잠바와 흰 바지 차림에 나이키 마크가 찍힌 운동화를 신었다. 여자가 동전 몇 개를 넣었다. 작동 표시등이 켜지지 않았다. 반환 레버로 동전을 빼냈다.

한 번 더 시도하다가 차에 기대선 남자를 뒤돌아보며 말했다.

"여보, 고장인가 봐요."

"안에 들어가 보지."

남자가 턱으로 환한 슈퍼 쪽을 가리켰다.

여자가 삼거리 슈퍼 안으로 들어갔다. 남자가 담배를 뽑아 물자 담배의 하얀 몸뚱이가 어둠 속에 드러났다. 치익, 성냥을 그었다. 남자는 빨간 불꽃을 손끝에 매달고 있다가 담배에 불을 붙였다. 금세 연기가 뿜어져 나왔다. 남자는 타고 있는 성냥개비를 획, 도로 쪽으로 던졌다. 잠시 드러났던 얼굴의 윤곽이 다시 어둠 속으로 지워졌다.

상가에서 흘러나오는 불빛으로 도로의 아스팔트가 검게 빛났다. 고르지 못한 바닥에 물이 고여 있었고 성냥개비는 그리로 떨어져 이내 꺼졌다. 하늘이 다시 부슬부슬 비를 뿌렸다. 여자가 슈퍼 안에서 나왔다. 그녀는 캔 두 개를 손에 쥐고 불빛을 지나 어둠 속 남자에게로 갔다. 남자는 여전히 차에 기대어 있었다. 검은 윤곽으로 드러난 남자는 중키에 약간 뚱뚱했다. 나이는 전혀 짐작할 수 없었다. 여자가 그에게 캔을 건네주었다. 남자가 피우던 담배를 어둠 속으로 던졌다. 빨간 불이 포물선을 그으며 아까 성냥개비 떨어진 물구덩이 쪽으로 가 떨어지며 꺼졌다.

"어머, 비가 또 뿌리네."

"그래."

남자는 여자가 건네준 캔을 받아들고 뽕, 소리가 나게 땄다. 남자는 익숙한 자세로 캔 속의 음료를 쿨렁쿨렁 비웠다. 여자도 캔을 뽕, 소리 나게 따고는 한 손을 허리에 갖다 대고 우아하게 서서 마셨다. 캔의 마지막 한 방울까지 마시려는 듯 고개를 뒤로 젖혔다. 하늘은 캄캄했다.

남자가 비운 캔을 여자에게 건네주고 차 안으로 들어갔다. 문이 열리자 실내등이 켜지며 차 안이 밝아졌다. 여자는 다시 슈퍼 불빛 쪽으로 걸어왔다. 빈 캔을 불 꺼진 자판기 옆 쓰레기통에 던져 넣었다.

그리고 흘낏 슈퍼 옆 등나무 그늘 속에 앉아 있는 그를 보았다. 순간, 그녀가 멈칫했다. 어둠 속에 웅크린 채 자신을 지켜보고 있는 웬 남자의 존재에 놀라는 듯했다. 여자는 뒤돌아서 서둘러 차 속의 따뜻한 불빛 속으로 빨려 들어갔다. 차문이 쾅 닫히고 부르릉, 시동 거는 소리가 났다. 두 줄기 불빛이 어둠을 뚫으며 멀리 멀리 뻗어나갔다.

그는 어둠 속에 꼼짝도 않고 앉아 고갯마루를 넘어가는 불빛을 보고 있었다.

불빛이 완전히 사라지자, 갑자기 그의 두 눈에서 뜨거운 눈물이 솟구쳐 올라 볼을 타고 흘러내렸다. 지금 이 시각, 저녁 설거지를 하고 있을 천리 밖 그의 아내가 사무치도록 그리웠다.

그는 벌떡 일어나 불 켜진 공중전화 부스 속으로 다가갔다.

"여보세요."

아내의 목소리는 귓가에서 속삭이듯 들려왔다. 가슴이 먹먹했다. 한 번 더 아내의 목소리가 들려왔다.

"여보세요!"

알 수 없는 기대감과 불안감이 섞인 목소리였다.

그러나 그는 아무 말도 할 수가 없었다. 그의 집 전화는 도청당하고 있을 것이다.

"여보세요!"

다시 한 번 아내의 목소리를 들으며 천천히 수화기를 내려놓았다.

등나무 그늘 속으로 돌아온 그는 조금 전 그 자리에 웅크린 채로 오래도록 앉아 있었다. 그리고 깊이 모를 어둠 속을 뚫어져라 바라보았다.

형 제

어느 날 저녁답, 행색이 넉넉지 않은 한 청년이 우리 집을 찾아왔다. 청년은 한참이나 머뭇거리다가 몇 달 전 우리 집 아래채에 세든 젊은 의사(?)를 찾았다. 청년의 그 모습은, 바로 그가 찾는 의사가 처음 우리 집에 나타났을 때의 모습과 비슷했다. 그는 몇 달 전, 읍내에 있는 누군가의 소개로 우리 마을로 찾아왔고 우리 집 앞을 기웃거렸던 것이다.

의사라고 말하지만 사실 의사는 아니다. 그건 엄격한 자격요건을 갖추어야 하니까. 그렇지만 우리 집 식구들이나 마을 사람들에겐 의사일 수밖에 없었다. 왜냐하면 마을에 의사는커녕 약사도 없던 시절이었다. 이십 리나 떨어진 읍내에나 가야 의원이 개업을 하고 있었고 의사 구경을 할 수 있었다. 게다가 우리 아래채에 세든 의사는 우선 외형상 틀림없는 의사였다. 멋진 검정색 왕진 가방을 들었는데 그것을 열면 하얗게 반짝이는 쇠붙이를 단 청진기와 함께 대롱 굵은 주사기가 나왔다. 무엇보다도 확실한 증거는 그가 의사로서 환자를 진료한다는 사실이다. 그 결과 많은 환자들이 낫거나 호전되었다. 사람들이 그를 의사로 부르는 것은 조금도 이상할 것도 잘못일 것도 없었다. 극히 일부의 환자들이 그의 손을 거쳐 읍내의 의원으로 이송되거나 도시의 큰 병원에 입원하도록 조치되었을 뿐 대부분의 질병들이 그의 손에서 치료되었다. 말하자면 그는 용한 의사였다.

따라서 그의 존재는 진료 기회를 거의 갖지 못하는 마을 사람들이나 인근 마을 사람들에겐 복음과도 같았다. 게다가 그의 진료비용은 비싸지 않았다. 비싸지도 않고 용한 의사라는 것이 그에 대한 사람들의 평가였다. 그는 얼마 전까지도, 내가 다니는 고등학교가 있는 읍내 의원의 조수였다. 어릴 때부터 의원의 집에 기거하며 심부름을 하다가 성실성과 총명함이 원장의 눈에 들어 조수로 발탁되었다. 원장이 은퇴할 나이가 되면서 몇 가지 진료 기구와 약품들을 물려주어 무의촌 지역인 우리 마을로 들어와 자리를 잡게 된 것이다.

청년은 우리 집 아래채 처마에 붙어 있는, 붉은 글씨로 쓴 약이라는 간판을 쳐다보다가 나를 보다가 하였다. 의사는 집에 없었다. 조금 아까 학교 갔다 돌아오는 길에 자전거를 타고 이웃 마을로 왕진 가는 그를 보았던 것이다.

"안에 들어와 기다리소."

"예."

청년은 그러나 집 안에 들어오지 않았다. 하릴없이 그냥 집 앞 길을 왔다 갔다 하였다. 한 시간쯤 뒤 어둑해져서야 의사는 돌아왔다. 내가 누가 찾아왔더라고 하자 의사는 그를 찾으러 나갔다. 그리고 금세 들어왔다. 뒤에 수줍은 듯 아까 그 청년이 따라 들어왔다. 의사가 우리 어머니에게 고향에서 동생이 왔다면서 밥 한 그릇을 더 부탁하였다. 그 날은 그것이 전부였다. 가을걷이가 끝난 들녘으로 금방 어둠이 깔리고 초겨울 밤은 깊어갔다.

밤중에 나는 오줌이 마려워 깼다. 소변을 보기 위해 아래채 쪽으로 가다가 보니 의사 방에 불이 켜져 있었고, 안에서 나직나직한 소리들이 들려왔다. 내가 처음 들은 것은 의사의 목소리였다.

"지금 내가 군대 가면 여기 기반은 물거품이 된다."

조금 있다가 청년의 목소리가 들렸다.

"제대하고 와서 새로 시작하면 되지."

"3년 뒤에 새로 시작하란 말이냐?"

"……."

"그동안에 무슨 일이 일어날지 모른다. 다른 뜨내기가 차고앉을지도 몰라."

"그럼 다른 데 가서 하지."

"너는 잘 몰라, 이만한 목이 어디 또 있겠나?"

"……."

내가 볼일을 보고 나올 때까지 여전히 불이 켜져 있었지만 나는 더 이상 관심을 갖지 않았다.

이튿날, 나는 간밤의 일 따위는 까맣게 잊고 학교로 갔다. 마침 토요일이어서 오전 수업만 받고 집으로 돌아왔다. 마을 앞에서 어제 그 청년을 만났다. 청년은 나를 보더니 좀 당황하는 것 같았다. 오른손을 뒤로 감추면서 어색하게 웃었다. 나는 이제 그가 의사의 동생이라는 것을 알고 있으므로 어제완 달리 좀 살갑게 굴며 말했다.

"벌써 가시려고요? 좀 더 머물다 가시지 않고요."

"예, 가봐야지요."

그러면서 그는 수줍은 미소를 띠고 내가 지나갈 때까지 기다렸다가 여전히 오른손을 안 보이도록 감추면서 돌아서 가는 것이었다.

식구들이 밥상을 가운데 두고 둘러앉아 저녁을 먹을 때였다. 내가 말을 꺼냈다.

"어제 왔던 의사 동생이란 청년, 아까 보니 집에 갑디다. 그런데 뭘 숨기는 눈치데요."

아버지가 뭔 말이냐는 듯 나를 처다보자 어머니가 그동안 있었던 일을 이야기하였다.

"간밤에 늦도록 의사 방에 불이 켜져 있어 안 가봤습니까. 가보니 형제가 그림자를 마주하고 소곤거리고 있더군요. 의사가 뭐라고 자꾸 동생을 달래더라고요. 간간이 다투는 소리도 나고 가볍게 웃는 소리도 나더니만 나중에는 두 그림자가 붙들고 우는 거예요. 들어보니 의사한테 신체검사 받으러 오라는 통지가 왔는데 의사가 동생보고 대신 갔다 오라는 거예요."

아버지가 어머니 말씀을 잘랐다.

"신체검사 대신 받으면 뭣해? 군대를 대신 가면 몰라도."

"그게 아니라, 의사가 청년보고 손가락을 자르라는 거예요. 검지 한 마디만 잘라내면 신체검사에서 불합격을 받아 둘 다 군대 안 가도 된다고 하면서요. 청년이 멀쩡한 생손가락을 우째 끊노? 하며 망설이니까, 우리 둘 다 군대 가면 부모님과 어린 동생들은 누가 부양하겠느냐며 의사가 울더군요. 그러자 동생도 울고……. 어제는 영 못 볼 것을 보았습니다."

"음."

아버지가 무거운 한숨 소리를 냈다.

"오늘 아침, 상을 들고 가서 보니 청년이 손가락에 하얀 붕대를 감은 채 벽에 기대어 앉아 있더군요. 문을 닫아놓은 방안에선 소독약 냄새가 코를 찌르고요."

그러고 보니, 아까 청년이 당황해하며 오른손을 자꾸 숨기던 것이 이해가 되었다. 그러나 나는 그 얘기는 하지 않았다. 다른 사람들도 마찬가지였다. 모두들 더 이상 입을 열지 않았다. 묵묵히 밥알들만 씹고 있었다. 밥알이 입안에서 오랫동안 뱅글뱅글 돌았다.

저 녁 눈

늦은 밤, 키가 크고 구부정한 한 사나이가 길가 외딴 농가의 헛간채 추녀 밑으로 들어섰다. 그는 잠시 퍼붓는 듯한 눈을 피하고 가려는 것 같았다. 사내는 습관적으로 어깨를 웅크리고 있었다. 추위를 느끼는지 한 번씩 부르르 떨었고 그때마다 깃을 세운 잠바 속으로 목을 더욱 깊숙이 당겨 넣곤 했다.

사내는 처마 아래 흙벽에다 몸을 붙이다시피 기대섰다. 먼 길을 걸어와서일까? 곤하고 지친 듯한 그의 표정이 눈빛에 희미하게 비쳐졌다. 두 다리는 그를 받치고 있는 것만도 힘에 겨운 듯 자꾸만 앞으로 구부러졌고, 사나이는 그럴 때마다 다리를 고쳐 세우며 잠시 감았던 눈을 떠 흩어지는 눈발을 바라보았다.

눈은 오래 전에 가을걷이가 끝난 들판을 벌써 덮고 조금 전까지 그가 걸어온 길바닥도 뽀얗게 덮어 버렸다. 눈발이 성길 때만 해도 어렴풋이 보이던 건너편 마을의 불빛도 더 이상은 보이지 않았다.

사내가 다시 눈을 감고 조는 듯 마는 듯 하는 사이 어디선가 귀에 익은 소리가 짤랑, 하고 들려왔다. 그 소리는 눈발 사이로 아주 부드러이 흘러왔다. 사내가 목을 조금 빼고 소리 나는 쪽으로 귀를 기울였다. 다시 한 번 짤랑, 하는 소리가 담을 넘어왔다.

사내는 그 소리가 외양간에서 들려오는 쇠 요령 소리라는 것을 금세 알았다. 사내의 각진 얼굴이 갑자기 둥그스름해졌다. 웃고 있었던 것이다. 사내로서는 실로 일 년 만에 들어보는 소리였다.

다시 한 번 짤랑, 하는 소리가 사내를 부르듯 들려왔고 그는 요령 소리를 따라 미끄러지듯 담을 넘어 안으로 들어갔다.

외양간은 바깥마당을 면하여 서 있는 헛간채 한쪽에 있었고, 그 옆에는 디딜방앗간과 농기구를 두는 헛간이 나란히 붙어 있었다. 사람이 거처하는 안채는 안마당을 사이에 두고 헛간채와 마주보고 있었고, 그 쪽은 불이 켜진 채 쥐 죽은 듯 조용했다. 사내는 곧바로 외양간 속으로 들어갔다. 외양간 속은 제법 아늑한 데다가 초저녁에 새 짚을 깔아준 듯 향긋한 냄새가 났다. 사내는 코를 벌름거리며 마른 짚 냄새를 맡았다.

그 냄새 속에 섞여 텁터부리한 쇠똥 냄새와 함께 누르께한 소

냄새가 났다. 사내는 정다운 눈으로 어둠 속에서 소를 찾았다. 소는 삼정을 입은 채로 서서 되새김질을 하고 있었다. 사내는 허리를 구부리고 소에게로 다가가 익숙한 솜씨로 목덜미를 쓸어 주었다. 그러고는 쇠잔등을 따라 꼬리 부분까지 쓰다듬어 내리며 소의 크기를 재어보고 뒷다리와 앞다리의 근육들을 만져 보았다. 힘깨나 쓰게 생긴 황소였고, 가을 이후 건사가 잘 되어 통통하고 살집이 부들부들했다.

그는 다시 소의 목덜미께로 몸을 구부리고는 소 냄새를 깊게 들이마셨다. 황소만이 낼 수 있는 독특한 냄새가 그를 황홀하게 하는 듯했다. 사내가 모가 진 눈으로 그윽이 위채를 바라보았다. 여전히 조용하고 고요했다.

쇠고삐는 당연히 외양간 기둥에 매어져 있었다. 사내가 요령을 잡고 고삐를 풀다가 바깥을 내다보았다. 눈이 계속 내리고 있었고 눈은 소 발자국을 곧 지울 것이다. 그러면 흔적 없이 황소 한 마리를 몰고 갈 수 있는 것이다.

그런데 사내는 왠지 외양간을 금방 떠나고 싶지가 않았다. 가야 할 길이 먼 데다가 하루 종일 걸어 너무나 지쳐 있었고, 또 이렇게 외양간 안에서 쇠똥 냄새를 맡으며 소와 나란히 눈 오는 바깥을 내다보는 것도 괜찮았던 것이다.

사내는 이제 쇠등에 갸웃이 고개를 올려놓고 거의 엎드리다시

피 하여 바깥을 내다보았다. 일 년 전, 그는 소를 훔쳐 밀도살하여 판 혐의로 붙들려가 복역했다. 오늘 아침 석방되어 지금 고향으로 돌아가는 길이었다. 밤을 도와 걸으면 아마 내일 새벽녘이면 집에 도착해 있을 것이다.

다시 한 번 요령 소리가 났고 그는 바깥을 내다보았다. 가끔씩 바람에 흩날리던 눈이 외양간 안으로도 뿌려졌다. 사내가 추운 듯 또다시 목을 움츠리며 소의 옆구리에 바짝 몸을 갖다 붙였다. 소의 등과 옆구리로부터 따뜻한 온기가 전해졌다. 모처럼의 아늑함과 편안함에 피곤이 한꺼번에 풀어지며 사내는 어느새 몽롱한 잠 속으로 떨어졌다.

얼마나 시간이 지났을까?

사내는 잠결에 어렴풋 맑은 쇠 요령 소리를 들었다. 여전히 잠속에서 그 소리를 좇아가고 있는데, 이제는 바로 귓가에서 그 소리가 두 번, 세 번, 거듭 울렸다. 그가 눈을 떴다. 먼저 외양간이 눈에 들어왔다. 다음 그를 받친 채 서 있는 소가 눈에 들어왔다. 소는 마치 그를 깨우기라도 하듯 목을 흔들며 요령 소리를 내고 있었다.

새벽이 와 있었다. 눈은 그쳤고 별들이 푸른빛을 띠고 초롱초롱 빛났다. 사내는 아직도 그의 손에 쥐어 있는 고삐를 보았다. 그는 고개를 보일 듯 말 듯 흔들다가 깊은 한숨을 내쉬었다. 사내의 각진 얼굴에 어떤 결심 같은 것이 떠올랐다. 이마에서 목 뒤로 굵은 힘줄이 꿈틀거리며 지나갔다. 사내는 고삐를 기둥에 도로 매어놓고 빈손을 마주 들어 탁, 탁, 털었다. 그리고는 희붐한 새벽빛에 한없이 다정스런 눈으로 소를 훑어보았다.

사내는 조용히 외양간을 나와 소리 없이 담을 넘어 한길로 나섰다.

뿌옇게 동터오는 하늘을 마주보며 사내는 고향으로 가는 길을 성큼성큼 걸어갔다. 그가 몇 발자국 떼놓았을 때 짤랑, 쇠 요령 소리가 담을 넘어왔다. 그 소리는 마치 그를 배웅이라도 하듯 뒤따라 왔다.

등

오늘은 동짓날, 남산댁은 여느 때보다 일찍 일어난다. 팥죽을 끓이기 위해서다. 그러다가 생각을 바꾼다. 오늘 저녁 해는 빨리 지고 밤은 허리띠처럼 길 것이다. 만수가 온다 해도 저녁때나 돼서야 올 것이고 그때 맞춰 끓이는 것이 옳을 것이다. 조반상에 팥죽을 올려야 할 어른이 계시는 것도 아니고 아이들이야 저녁에 아버지랑 같이 먹자면 될 것이다. 남산댁은 팥 바가지를 밀쳐놓고 한숨 더 자려고 눕는다. 이불을 턱 밑까지 당겨 덮고 눈을 감으나 잠은 안 오고 만수의 말만이 귀에 맴돈다.

남편 만수는 공비 잡는 토벌 대장으로 지리산엘 들어가 있다. 보름 전 집을 나서다 말고 말하였다.

"동지 전에 올 것이여."

그런데 들리는 소문으로는 빨갱이 작당들이 만만치 않아 동지
는커녕 섣달이 되어도 올 동 말 동 하단다.

"빌어먹을 빨갱이 놈들!"

남산댁은 그만 저도 모르게 빨갱이들 욕을 하고 돌아눕는다.

그러다가 남산댁은 생각을 바꾸고 다시 자리에서 일어난다. 만
수가 갈아입을 옷도 찾아놓고 집 구석구석 청소도 말끔하게 해
놓을 작정이다.

남산댁은 수건을 머리에 동여매고 바깥으로 나온다. 춥다. 산
속은 엄청 추울 텐데……. 남산댁은 다시 한 번 한숨을 포옥 내쉰
다. 희끗희끗 눈발이 날리는 가운데 동녘 하늘이 벌겋게 달아오
른다. 동지 해가 솟으려나 보다.

빗자루를 찾아 들고 마당을 쓴다. 눈발이 날리며 빗질 자국을
지운다. 다음에는 가마솥에 물을 붓고 소깝으로 아궁이에 불을
지핀다. 아이 둘을 깨워 뽀득뽀득 소리가 나도록 씻기고 머리를
감긴다. 깨끗한 옷들로 갈아입혀 내놓으니 꾀죄죄하던 꼬락서니
들이 제법 환하다.

동지 해는 짧다. 아침을 지어 아이들이랑 먹고 설거지하고 돌
아서니 점심때가 되었고 곧 해가 서쪽으로 기울어진다. 남산댁
은 씻어놓은 팥을 솥에 안쳐 찌기 시작한다. 김이 한참 솟은 뒤
팥을 퍼내 체에 밭쳐 뭉갠다. 한편 쌀과 조를 빻아 만든 반죽으

로 새알을 만들어 넣고 팥죽을 끓인다. 멀겋던 팥물이 부글부글 끓으며 독특한 팥 냄새를 풍기며 차츰 붉고도 진한 팥죽으로 변한다.

이제 남산댁은 자주 부엌 바깥을 내다본다. 어느새 산 그림자가 마당까지 내려오고 땅거미가 진다. 남산댁은 사발에다 팥죽을 퍼 소반 위에 올려놓고는 옷매무새를 단정히 한다. 그러고는 삼신님께 빌기 시작한다. 몇 번인가 머리를 조아려 절을 하고 난 뒤 죽 그릇을 들고 집안 곳곳에 팥죽을 뿌린다. 빈 그릇을 들고 부엌으로 든 남산댁은 팥죽을 식구 수만큼 그릇에 퍼 뚜껑을 덮어 놓는다. 남은 팥죽은 양푼에다 퍼 담아 시렁 위에 얹어 대 소쿠리로 덮는다. 식구들의 팥죽 그릇은 식지 않도록 솥 안에 넣고 솥뚜껑도 꼭 덮는다.

남산댁은 다시 바깥으로 나온다. 어느덧 어둑해지고 있다. 마루 끝에 올라가 동구 밖을 살핀다. 그러나 자전거를 타고 총을 멘 만수의 모습은 보이지 않는다.

"읍내 서(署)에서 늦나 보네."

만수가 토벌대를 나설 때마다 경찰서에 모이던 것을 남산댁은 알기에 하는 말이다.

날이 완전히 저물자, 하늘엔 주먹만 한 별들이 총총 돋아난다. 남산댁은 기둥에 걸려 있는 등에다 불을 밝힌다. 만수의 귀가를 위해 며칠 전부터 내걸린 등이다. 방에 들어와서는 팥죽으로 아이들 저녁을 먹이고 잠자리를 깔아주곤 바깥으로 나온다. 등불이 비추는 마당과 삽짝께만 환할 뿐 깜깜하다. 남산댁은 삽짝 밖까지 나가 동구 밖을 내다본다. 캄캄할 뿐 아무것도 안 보인다. 컹컹 뉘 집 개 짖는 소리만 들린다.

저녁 바람이 매섭다. 부르르 몸을 떨며 집 안으로 들어온다. 남산댁의 눈길이 흘낏 옆집으로 간다. 불도 켜지지 않은 옆집 처마 밑에 누가 서 있다. 지실댁이 틀림없다. 남산댁이 혀를 차며 중얼거린다.

"쯧쯧. 저것도 지 서방 기다리네."

언제부턴가 옆집의 등불은 늘 꺼져 있었다. 인민군들이 북으로 쫓겨 가고 산 속으로 들어간 공비들이 토벌대의 공격으로 힘을 못 쓰면서부터이다. 한때는 지실댁네 등이 저녁마다 환하게 불 켜진 적이 있었다. 그때는 남산댁의 등은 꺼진 채로였다. 그것이 뒤바뀌어 남산댁네 등만 불을 달고 있다. 남산댁의 눈가에 웃음이 번진다. 이제 만수는 쫓는 자이고 지실댁 종오는 쫓기는 신세이다.

"어디 마을로 숨어들기가 쉬울라고."

남산댁은 다시 한 번 그쪽에 눈을 주며 중얼거린다.

잠시 방안으로 들어가 아랫목에 언 손을 녹인 남산댁은 다시 밝은 곳을 밟으며 삽짝 밖까지 나가본다. 이제 마을의 개들도 조용하다.

"읍내에서 자고 내일 오려나?"

그럴지도 모른다. 더러 그러기도 하니까. 아니면 아직 산 속에서 공비들을 쫓고 있을지도 모른다. 소문에는 토벌은 섣달까지 이어질 것이라고도 했으니.

남산댁의 배에서 꼬르륵 소리가 난다. '에라, 와야 오는 것이지 팥죽이나 먹자.' 남산댁은 마음을 정하고 집으로 들어간다. 또 눈이 지실네로 넘어간다. 아직도 처마 밑에 오도카니 서 있다.

"쯧쯧, 젊디젊은 것이⋯⋯."

남산댁은 갑자기 마음이 무거워진다. 서방 기다리는 아낙들이야 무슨 죄가 있으랴. 사내들이 죄가 있지, 하다가 남정넨들 또 무슨 죄가 있으랴, 수상한 시절 탓이고 수상한 사상 탓이지, 하다가 한숨이 저절로 나온다.

남산댁은 솥 안에 넣어둔 팥죽 그릇 중 자기 것을 내어 부뚜막에 걸터앉아 먹는다. 팥죽은 아직도 온기를 잃지 않고 있다. 먹기에 딱 알맞다. 그런데 목구멍 속으로 잘 넘어가질 않는다. 수제비가 목에 자꾸 걸린다. 물을 마셔 본다. 소용이 없다. 걸리는 것은 수제비가 아니라 아까 어둠 속에 서 있던 지실댁이다.

남산댁은 숟가락을 놓고 만수의 팥죽 그릇을 들고 바깥으로 나온다. 종종걸음으로 담 밑으로 가 나지막이 지실댁을 부른다.

"지실댁."

"……."

"지실댁!"

처마 밑 어둠 속에 얼어붙은 듯 서 있던 지실댁이 불빛 쪽으로 나선다.

"지실댁."

"예."

"팥죽이다. 이번 동지에는 팥죽도 못 끓였지?"

남산댁이 팥죽 그릇을 담 너머로 내민다. 남산댁의 손에서 지실댁의 손으로 넘어온 팥죽 그릇은 따뜻하다. 얼결에 팥죽 그릇을 받아든 지실댁의 눈에 눈물이 그렁하다.

"형님!"

지실댁이 손 하나를 뻗어 남산댁의 손을 잡는다.

"아무 말 말게."

남산댁도 지실댁의 손을 마주 잡는다.

"고맙습니다."

"추운데 그만 들어가 먹게나."

지실댁의 눈에 그렁한 눈물이 곧장 쏟아질 것 같다. 남산댁은 얼른 돌아서 부엌으로 들어간다. 아까 먹다 남은 팥죽을 마저 먹기 시작한다. 뚜껑을 열어 놓은 탓인지 팥죽은 식어 있다. 그러나 꿀꺽, 꿀꺽, 잘도 넘어간다.

얼 룩

저녁 해는 서쪽 산 위에 아직 한 발이나 남아 있다. 분지처럼, 오목한 산마을엔 지금 비끼는 저녁 해가 남은 햇살을 온통 그리로만 쏟아 부어 불타는 듯 환하다. 마을에는 고만고만한 초가들이 밭고랑들을 거느리고 띄엄띄엄 엎드려 있다.

그 중의 한 집 툇마루에 지금 다섯 살 난 손자와 조모가 앉아 아직도 환한 동쪽 하늘을 바라보고 있다. 우뚝한 산봉우리들 사이사이로, 하늘은 희멀건 얼굴을 내밀고 있다.

가을이 일찍 끝나고 벌써 살얼음이 비치는 겨울 초입이라 불어오는 바람이 차다. 아이의 팔뚝에 소름이 돋는다. 할미는 그것을 쓱쓱 문지른다. 바람이 지나며 울타리 너머 빈 수숫대를 흔든다. 그 바람에 마른 잎들이 서걱대며 아이의 눈을 그리로 가져가게 한다. 아이가 생각난 듯 할미의 팔을 흔들며 묻는다.

"아부지도 수수밭을 지나 갔다고 했지?"

"그래그래."

할미가 건성으로 대답한다. 노파의 눈은 산봉우리를 달리고 있다. 아이가 다시 묻는다.

"바람처럼 말이지?"

아이가 산자락에 펼쳐진 빈 수수밭을 바라보며 말한다.

"그래. 바람처럼."

"그러마 아부지는 바람이가?"

"바람이기도 하지. 쏴, 쏴, 쏴, 바람처럼 왔다가 바람처럼 사라지곤 했으니. 그뿐인가, 저 산을 넘어가는 나무이기도 하고, 곧 떠오를 달님이기도 하지."

아이는 할미의 이야기를 귀담아 들으며 멀리 이어지는 산봉우리들을 바라본다. 봉긋봉긋 낮은 봉우리들이 맨 뒤쪽의 큰 봉우리를 향해 절을 하는 것 같다. 아이가 다시 할미의 손을 흔들며 말했다.

"바람처럼 수수밭을 지나 어디로 갔노?"

노파가 다시 손주의 팔뚝을 쓸어 주며 대답한다.

"산으로 들어갔지."

노파는 수없이 되풀이한 대답을 유성기 틀어 놓듯 반복한다.

"산으로 들어가서 우째 됐노?"

"……."

아이가 재촉하듯 팔을 흔든다.

"더 높은 봉우리로 들어갔지."

노파는 눈을 들어 산봉우리들을 바라본다. 봉우리들은 주봉을 향해 꾸불꾸불 올라가고 있다. 이제 서산으로 넘어가는 해의 마지막 햇빛이 동쪽 주봉 위를 비춘다.

주봉을 향해 이어지는 봉우리에는 잎사귀를 떨어뜨려 비쩍 마른 겨울나무들이 등성이를 따라 넘어가고 있다. 빨치산처럼 총대 하나씩 거꾸로 메고 더 깊은 산속으로, 더 갇힌 어둠 속으로, 참담한 모습 하나씩 지우며. 다시 마을로 내려올 날 기다리며, 세상 덮어 먹을 날을 기약하며…….

"그 다음에는?"

"그 다음?"

"응, 더 높은 봉우리로 올라 간 다음에는?"

"하늘 아래 제일 높다는 제일봉으로 안 올라갔나."

"나무꾼도 못 오른다는 주봉 말이지?"

"그래그래. 너도 다 아네."

"거기선 어데로 갔는데?"

"……."

"할매, 거기서는?"

"응. 거기서는 더 갈 데가 없지. 제일봉이니께. 그런데 마침 시월 보름달이 주봉 위로 둥실 떠올랐지. 그래, 아부지는 그 환한 달 속으로 들어갔지."

"달 속으로?"

"그래, 달 속으로."

"달 속에 들어가 달이 되었나?"

"그래."

아이가 주봉 위를 바라본다. 어두워진 하늘에 달은 아직 떠오르지 않는다.

"오매는?"

할미가 잠시 흔들린다. 앙다문 입이 고집스럽다.

"오매는?"

아이가 다시 더 이상 따듯하지 않는 할미 팔을 흔들며 묻는다.

"오매는 너 낳고 난 뒤에……."

"나 낳고 난 뒤에……."

"아부지 따라 안 갔나."

"아부지 따라? 아부지가 왔나?"

"달빛이 온 산에 가득한 날 밤이었지."

"……."

아부지가 달빛 타고 집으로 내려왔지. 그때 따라갔지."

"달빛 타고 왔다꼬?"

"그래, 달빛 타고."

"갈 때도 달빛 타고 갔나?"

"그래. 아부지랑 오매랑 달빛 타고 갔지."

"할매는 왜 안 따라갔노?"

"할매는 너 키운다고 안 갔지."

"나 키운다고?"

"그래. 네가 너무 어려서 같이 따라갈 수가 없었지."

"내가 크마 아부지한테 갈 수 있나?"

"그래. 네가 주봉에 올라갈 수 있을 만큼 크마."

"정말?"

"그래."

이번엔 할매와 손자가 함께 하늘을 본다. 별들만 몇 개 떠 있다.

"달 속에 아부지 비나?"

"그래."

손자와 조모가 고개를 돌려 제일봉 위를 바라다본다. 그때 봉
우리 위로 환히 달이 떠오른다. 열이레 달이다.

"아부지 어데 있노?"

"조오기."

"어디?"

"조오기 검은 자죽 있지."

아이가 뚫어져라 쳐다본다. 달의 한 곳에 검은 얼룩 같은 것이 보인다. 고물고물 움직이는 것 같다. 저게 아부지구나!

"할매, 보인다. 아부지 보인다."

"옳지. 보이지, 네 눈에도 보이지?"

아이의 눈이 초롱히 빛난다. 수수밭에 내린 달빛이 서늘하다. 할미의 팔이 다시 따뜻하다. 아이가 할미를 돌아다본다. 할미의 눈에 가득 눈물이 돈다.

"할매, 우나?"

"안 운다."

아이가 할미의 주름진 볼을 타고 내리는 눈물을 닦아주며 말한다.

"할매, 아부지 보고 싶어 울지?"

손자가 대견스러운 듯 할미가 고개를 주억거린다.

"조금만 기다려, 할매. 내가 째매만 더 크마 아부지한테 가자. 그땐 할매 업고 제일봉에 올라갈 수 있다."

할미가 손자를 꼭 껴안는다. 하늘을 본다. 주봉 위에 높다랗게 떠오른 달이 두 사람을 싸고 있던 어둠을 지우며 환하게 빛나고 있다.

다락 속의 아버지

다락 속에는 아버지가 계셨다. 어머니는 언제나 아버지 말씀을 하실 때면 고개를 들어 다락 쪽을 흘끗 보시곤 하였다. 특히 어린 나를 훈계하거나 나무라실 때는 반드시 다락을 돌아보며 말씀하셨다. 그렇지만 다락에 올라가는 일은 엄격히 금지되었다. 오르기는커녕 다락 근처에도 못 가게 하셨다.

다락은, 내가 알기로는 왜정시대 말부터 아버지의 은신처였다. 해방이 되자 아버지는 다락에서 내려오셨다. 왜놈 순사의 감시에서 벗어난 것이다. 이후 얼마 동안은 아버지 생애에서 가장 바쁘신 날들이었다. 집을 자주 비우기도 하였고 오랫동안 떠나 계시기도 하였다. 전쟁이 일어나면서 아버지는 집에 돌아오셨다. 그러나 그것도 잠시, 아버지는 전보다 더 바쁘게 돌아다니셨다. 그러다가 어느 날. 갑자기 아버지는 종적을 감추셨다. 다시 다락으로 올라가신 것이다. 아버지의 행방은 아무도 몰랐다. 마을 사람들은 물론이고 큰집 사람들도 몰랐다. 오직 어머니만 알고 계셨다. 어머니는 이때가 당신 생애에 가장 행복했던 시기였다고 서슴없이 말씀하신다. 아버지의 행방을 쫓는 사람들 때문에 늘 조마조마했지만, 쳐다보기조차 아까운 신랑과 함께한다는 것은 가슴 졸이는 행복이었다고 추억하신다. 사실 이때야말로 어머니가 아버지를 독점하신 때이다. 밖으로는 나라에 빼앗기고, 돌아오면 집안 어른들과 형제들에게 빼앗겼던 아버지였으니.

나는 언젠가 다락 위로 올라가 보았다. 아버지는 안 계셨다. 단지 이부자리 하나만 깔려 있었다. 그리고 알 수 없는, 오래전의 냄새, 어떤 얼룩덜룩하면서도 야릇한 냄새가 그 속에 갇혀 있었다. 어머니는 그 곳에 가끔 혼자 올라가 계시곤 하였다. 다락에서 내려오시는 어머니 얼굴에는 더러 눈물 자국이 묻어 있기도 했고, 어떤 땐 광채를 뿜는 눈에 웃음기를 흘리고 있기도 했다. 어쨌든 어머니는 거기서 아버지를 만나시는 것이 분명했다. 그렇다면 아버지는 어디 계실까? 어느 틈서리에 꼭꼭 숨어 계셔서 내 눈에는 안 띄는 것일까?

초등학교에 들어갈 때가 되었다. 입학식 날이었다. 아버지 대신 어머니가 가겠노라고 말씀하셨다. 그러고는 내 손을 잡고 다락 앞으로 가서 고하셨다.

"장수 입학하러 갑니다."

얼마 후, 학교에서 가정방문이 있었다. 우락부락하게 생긴 담임 선생님이 마을에 와 차례대로 학생들의 집을 방문하셨다. 그때 어머니는 다락을 등지고 꼿꼿이 앉아 선생님을 응대했고 자주 뒤를 돌아보셨다. 지금 생각하면 아버지의 훈수를 바라셨던 것이 틀림없었다.

선생님이 돌아가시고 난 뒤, 어머니의 이마와 콧등에 가는 땀방울들이 송골송골 맺혀 있었다. 하얀 손수건으로 그걸 닦아내며 휴우, 긴 숨을 내쉬셨다. 비록 선생님이지만 아버지 아닌 외간 남자를 만난다는 것은 그만큼 긴장되는 일이었던 것이다. 나는 그때 어머니의 한 특징을 발견해 내었다. 어머니는 얼굴도 곱고 맵시도 고운 분이지만, 남정네 앞에서는 그 고움이 갑자기 빛을 발하듯 드러난다는 점이다. 특히 아버지를 말씀하실 때는…….

어머니의, 다락 속 아버지에 대한 환상과 집착은 집안사람들의 기대와는 달리 좀처럼 사라지지 않았다. 아버지의 부재를 현실로 곧 받아들이게 될 것이라고 모두들 생각했었다. 그런데 그게 영 그렇지가 않았다.

한 번은 큰아버지가 우리 집에 무슨 전갈을 가지고 오셨다. 어머니가 아버지로 잘못 알고 버선발로 마당까지 달려 나오셨던 것이다. 아버지와 큰아버지는 형제간이니만큼 닮은 데가 있었다. 그렇다고 큰아버지를 아버지로 잘못 안다는 것은 어머니니까 가능한 것이다. 어머니는 그때 큰아버지 품에서 오랫동안 졸도해 계셨다. 놀란 큰아버지가 본댁에 알리고 할머니와 큰어머니가 달려와서야 겨우 수습이 되었다.

그렇지 않아도 큰집 어른들은 홀로 된 어머니를 굉장히 어려워하셨다. 이 일이 있고 난 뒤부터는 더욱 조심스러워했다. 할아버지와 큰아버지는 물론 삼촌들도 출입을 삼갔다. 이따금씩 할머니나 큰어머니가 드나들며, 먹고 살 양식이며 일용품들을 공급했고 머슴을 시켜 나뭇짐 바리를 재어놓게 하였다.

어머니는 그렇게 주위와 단절되며 세상과 점점 멀어져 가셨다. 이런 어머니를 그냥 내버려 두어서는 안 된다는 의논들이 집안 어른들뿐 아니라 외가 쪽에서도 일어났다. 급기야 할아버지와 외할아버지 간에 의논이 오고갔다.

어느 날, 큰집 할아버지와 외갓집 할아버지 두 분이 집에 오셨다. 할아버지들은 어머니를 앞세우고 다락 앞으로 가 다락문을 열어보라고 말씀하셨다. 아버지의 부재를 확인시키고자 하신 것이다. 어머니의 완강한 거부가 이어졌다. 이에 외할아버지가 그럼 내 손으로 직접 열어 보겠다며 다락 쪽으로 다가갔다. 어머니가 비명을 지르며 다락문을 막아섰다. 나는 그때 분노와 공포로

화등잔같이 커진 어머니의 눈을 보았다. 그리고 그 모습은 언제 어디선가 본 듯한 모습이었다. 내가 기억도 못할 만큼 어리던 어느 날 저녁 바로 그 모습이었다. 아버지를 잡으러 온 총칼 든 사람 앞을 막아서던 바로 그 모습이었다.

그렇게 한 해가 가고, 또 한 해가 가고 갔다. 달라진 것은 아무것도 없었다. 아버지는 다락 속에 여전히 계셨고 어머니와 나는 그 아버지와 늘 함께였다.

어언, 나는 초등학교를 졸업하고 중학교에 입학하게 되었다. 그리고 마침내 어머니가 다락 속 아버지의 환상에서 깨어나, 아버지의 부재를 받아들이는 결정적인 기회가 왔다. 내가 초등학교를 졸업하는 졸업식 날도 어머니는 6년 전, 입학식 때처럼 아버지에게 신고를 하셨다.

"우리 장수가 졸업을 해요, 곧 중학생이 된답니다."

읍내의 중학교에는 큰아버지가 보호자로 나를 데리고 가셨다. 어머니는 읍내 출입은 물론 외갓집 출입도 안 하셨다. 그동안 큰집 할아버지는 더 늙으셨고 외갓집 할아버지는 돌아가셨다. 외갓집 할아버지는 돌아가실 때 혼자 된 외동딸이자, 죽었는지 살았는지도 모르는 사위의 환상 속에 갇혀 사는 어머니 때문에 눈을 못 감으셨다고 한다. 입학식을 마친 후, 큰아버지께서는 읍내 식당으로 나를 데리고 가 우동을 사 주셨다. 돌아오는 십 리 길 동안 큰아버지와 나는 많은 대화를 나누었다. 큰아버지는 이제 너도 중학생이 되었으니 아버지에 대해 알고 있어야 한다며, 사변이 끝난 지가 여러 해가 되어도 돌아오시지도 않고, 아무 기별도 없는 것을 보면 아버지는 돌아가신 것이 틀림없다고 말씀하셨다. 설령 용케 북쪽으로 넘어가 살아 있다고 할지라도, 이제 북한과는 원수지간이 되어 오갈 수도 없고 만날 수도 없지 않느냐, 통일이라도 되면 몰라도 그게 어디 쉬운 일이겠느냐고도 하셨다.

마지막으로 큰아버지는 내 손을 꼭 잡고 다음과 같이 말씀하셨다.

"어머니를 아버지 환상에서 깨어나시게 해야 한다. 장수 네가 해야 한다. 아무도 그 일을 할 수 없다. 너만 할 수 있고 반드시 네가 해야 할 일이다."

그러면서 큰아버지는 "불쌍한 우리 제수!" 하며 우셨다. 나는 그때 어른도 울 수 있다는 것을 처음 알았다. 어머니는 한 번도 울지 않으셨던 것이다. 내가 하늘을 보고 한 맹세가 있다면 그때 한 맹세가 유일한 맹세이다. 아버지 대신 내가 어머니를 보호하고 지켜드리겠다는 맹세였다.

동구 밖에 이르자 마을에는 저녁 짓는 연기들이 피어올랐다. 나는 눈으로 우리 집을 찾았다. 마을 뒤쪽에 있는 우리 집이 금방 눈에 들어왔고 우리 집 굴뚝에도 하얀 연기가 올라왔다. 어머니가 나를 위해 저녁을 짓고 계실 것이다. 나는 뛰어가지 않았다. 이제 나는 의젓해야 할 중학생인 것이다. 어머니를 보호하고 지켜 주리라고 맹세하지 않았던가! 달려가고 싶은 알 수 없는 흥분을 누르며, 나는 내가 더 이상 어머니의 귀염만 받는 아이가 아니라는 것을 자각하며 스스로 시험했다. 나는 일부러 천천히 걸었다. 한 발, 한 발, 뚜벅뚜벅 힘주어 걸으며, 큰아버지께서 말씀하신 장부(丈夫)의 세계로 나아간 것이다.

대문 앞에 이르러 큰아버지를 쳐다보자, 큰아버지도 이미 결심이 서신 듯했다. 다시 한 번 어머니와 부딪치기로 말이다. 오래전에 당신 제수를 졸도케 하신 이후, 처음으로 조카인 나를 앞장세워 그 모험을 감행하시려는 듯했다.

마당으로 들어서며 내가 큰 소리로 어머니! 하고, 어머니를 불렀다. 어머니가 앞치마를 두른 모습으로 부엌에서 나오셨다. 순간 어머니의 눈이 크게 열리셨다. 어느새 아버지를 닮아버린 의젓한 교복차림의 아들과 큰아버지 사이에서 혼란을 느끼시는 것 같았다.

내가 어머니 앞으로 한 걸음 나서며 말했다.

"저 장수예요! 중학교에 입학하고 왔어요. 큰아버지도 같이 오셨습니다."

어머니는 이제 자식인 내 안에서 아버지를 찾으셨다. 얼마 후, 어머니는 다락에 올라가 아버지의 흔적들을 치우셨다. 거미줄같이 어머니를 꽁꽁 묶어 두었던 다락 속 아버지의 환상을 찢고 현실로 나오신 것이다. 다락에서 현실로 내려오는 길목에 내가, 중학생이 된 내가 사다리로 서 있은 셈이다. 어머니는 그렇게 나를 딛고 다락 밖으로 나오셨다. 그리고 이제 의젓하게 자란 당신 아들에게서 아버지의 모습을 찾고 거기에 의지하신다.

그런데 처음과는 달리, 점점 어른이 되어 가면서 나는 아버지를 닮지 않게 되었다. 그런 나를 어머니는 더 좋아하신다.

신 작 로

노인은 자신의 집이 산으로 이어지는 언덕 위에 있게 된 것을 아주 다행이라 여긴다. 여기에서는 발아래 엎드린 들판과 시내와 마을을 한꺼번에 볼 수 있다. 무엇보다 들판을 가르마 타듯 질러 오는 쪽 곧은 신작로가 한눈에 들어온다.

오늘도 집 앞에 나와 눈을 멀리 보내면서 노인은 그런 생각을 한다. 그러면서도 애써 집 뒤쪽으로는 고개를 돌리지 않는다. 노인의 집 뒤로는 산들이 병풍처럼 서 있고 그리로 오르는 가파른 길이 군데군데 숨겨져 있다. 마을 사람들은 노인의 집을 지나 그 길 중 하나로 나무하러 다닌다.

언덕 바로 아래에는 산에서 내려오는 물을 막아 돌리는 물레방 아가 있다. 전쟁 전까지만 해도 물레방아는 노인과 아들 손에 잘도 돌아갔다. 그러나 그 이후 물레방아는 한 번도 돌아가지 않았다. 아들이 돌아올 때까지는 꼼짝도 않을 것이다.

노인은 서산으로 기우는 해를 가리려 이마 위에 손바닥을 펴 대고는 멀리 신작로를 바라본다. 그러면서 버릇처럼 말하는 것이다.

"거어기, 누가 오나? 흠흠."

언덕 아래 마을에서는 저녁 짓는 연기가 모락모락 피어오른다. 들 건너 마을에서도 하얀 연기가 솟아오른다. 노인의 눈은 천천히 들 가운데로 난 신작로를 훑어 나간다. 신작로에는 띄엄띄엄 오가는 사람들과 소, 그리고 소가 끄는 달구지들이 보인다.

노인은 눈을 끔벅거리다가 더 자세히 보기 위해 눈을 문지른다. 눈가가 짓물러 주름 사이로 물기가 번져난다. 오래 보면 볼수록, 잘 보려고 애쓰면 쓸수록 눈앞은 더욱 흐릿해진다. 흐릿한 가운데서도 신작로를 따라 마을로 다가오는 물체들은 점점 더 크게 보인다.

신작로—왜정 때 닦은 신작로는 왜놈 순사들이 징용 갈 사람들을 데려가거나 공출 가마를 실어 나르던 길이었다. 해방이 되고 전쟁이 터지자, 그 길은 군인들과 군인을 태운 도락꾸가 흙먼지를 일으키며 내닫는 길이 되었다. 그리고 노인의 경험으로는 신작로를 따라 마을로 들어오는 쪽은 언제든 이긴 쪽이었다.

노인의 아들을 대장으로 한 빨치산들이 밤중에 면소재지의 지서를 습격하여 불태우고 난 뒤, 신작로를 휩쓸며 올라올 때도 그러했고 이어 들이닥친 인민군 부대도 그러했다. 그리고 얼마 안 있어 삐이십구들이 불벼락을 내리고 그 길로 국군과 낯선 이국 군인들이 도락꾸를 타고 나타났을 때도 그랬다. 인민군들은 달아났고 낙오된 빨치산들은 뿔뿔이 흩어져 언덕 뒤 산 속으로 숨어들었다.

이제 노인은 까치발까지 해가며 아래를 살펴본다. 그러나 신작로에서 마을을 지나 방앗간으로 이르는 길에는 아무도 올라오지 않는다. 봄도 멀지 않았건만 아들은 오늘도 오지 않을 모양이다.

노인의 아들은 패잔병으로 한 번씩 마을에 나타났다. 그러나 그때마다 신작로가 아니라 산을 타고 내려왔다. 곧 국군과 경찰들의 대대적인 소탕작전이 시작되었고 아들은 이후 영영 모습을 감추었다.

그러나 노인은 오래도록 아들을 기다렸다. 패전 군이 아니라 승전 군이 되어 당당히 신작로로 올라올 것이라고 믿었다.

어느새 해는 지고 사방이 어두워오기 시작한다. 이제 신작로 쪽에는 아무것도 보이지 않는다.

"그렇지, 그리 쉬이 올 수 있는 길이 아니지. 흠흠."

노인은 중얼거리며 헛기침을 한다. 그러고는 천천히 집 쪽으로 돌아선다. 그러다가 걸음을 떼놓기 전, 흘낏 한 번 산 쪽을 바라본다. 어두컴컴한 봉우리들이 무슨 짐승처럼 웅크리고 있다. 노인은 고개를 가로저으며 또 한 번 중얼거린다.

"신작로로 와야지."

그러면서도 노인은 산에서 내려오는 길을 눈으로 더듬는다. 애절함을 담은 노인의 눈이 어둠 속에서 더욱 빛난다.

"그럼, 뒤가 아니라 앞으로 와야지."

다시 한 번 들릴 듯 말 듯 웅얼거린다.

먹물 같은 어둠이 번지며 노인의 장작개비 같은 몸을 감싼다. 집으로 드는 길을 잊기라도 한 것처럼 노인은 오래도록 그곳에 장승처럼 서 있다.

수 레 끄 는 노 인

김손은 언젠가 한 노인의 괴상한 행동을 본 적이 있었다. 그는 지금도 자신의 일이 힘들거나, 어떤 난관에 봉착하거나 할 땐, 그때 그 괴상한 노인의 경우를 생각해내며 다시 용기를 얻곤 한다.

어느 해 이른 봄날이다. 김손이 아직 장가들기 전이니까 스무 살 전후일 것이다. 그날은 마침 장날이었다. 김손은 아침나절 일을 끝내놓고 집에 와서 점심을 받아먹었다. 물론 홀어머니가 차려준 꽁보리 밥상이었다. 소반 한쪽에 반 넘어 자리를 차지하고 앉은 냉수사발을 들어 몇 모금 마시고 소리 나게 입을 헹궈 내었다. 그러곤 이내 연장 망태를 둘러메고 시오리길 장터로 내달았다.

겨우내 헛간 구석에 처박아놓은 채로 녹도 슬고 거미줄도 앉은 연장들, 낫이며 호미 등을, 올 한 해 농사를 위해 벼리러 가는 길이다. 그것들은 망태 안에서 걸음을 떼어놓을 때마다 달칵, 달칵 소리를 냈고 그는 거기에 맞춰 춤추듯 걸어갔다.

장으로 가는 길에는 사람들이 별로 눈에 띄지 않았다. 대개들 아침 일찍 떠났을 것이다. 나뭇짐이며, 약병아리, 아니면 흔한 묵은 곡식 자루라도 하나씩 지거나 이거나 메고 걸어서 자박자박……

일찌감치 임자를 만난 사람들은 물건을 서로 바꾸거나 돈을 쳐 주고받으며 셈을 끝냈을지도 모른다. 그 다음 필요한 물건들을 사기 위해 이 전 저 전 기웃거리고 있을 것이다. 아마 해가 한 뼘만 더 나가면, 볼일을 다 보고 돌아오는 장꾼들과 도중에 만날지도 모르리라.

이제 김손은 마을에서 벗어나, 작은 내를 하나 건넜다. 그리고 점점 더 재게 걸어 읍내로 가는 신작로로 나섰다. 읍내로 가는 신작로 길에는 꽤 높은 고개가 하나 있었다. 그가 그 고개를 거진 다 넘어왔을 때였다. 조금 전 그가 넘어온 고갯길 꼭대기에서 요란스런 소리가 들려왔다. 보아하니 웬 사람이 수레를 끌고 언덕길을 달려오고 있었다. 그 사람은 뭐라고 알 수 없는 소리를 질러 대었다. 그 고함소리는 무슨 짐승 소리 같았다. 그런데 고함과 함께 뒤따라오는 더 시끄러운 소리가 있었다. 울퉁불퉁한

흙길을 달려 내려오는 수레바퀴 소리였다. 그 소리는 가까이 다가올수록 천둥치듯 들려왔다. 그리고 뿌연 먼지가 뭉게뭉게 수레를 뒤따랐다.

김손은 깜짝 놀라 길 한쪽으로 몸을 피했다. 그리고 그에게로 점점 가까이 다가오는 빈 수레와 수레 앞에 매달린 채 쏟아지듯 달려오는 사람을 보았다. 놀랍게도 수레 끄는 사람은 백발이 성성한 노인이었다. 노인의 얼굴은 새빨갰다. 마치 익은 대추 같았다. 김손은 너무나 의외의 광경을 목도하고 넋을 놓았다.

그가 입을 벌리고 쳐다보고 있는 사이, 수레는 노인과 함께 그의 앞을 지나 쏜살같이 내려갔다. 김손은 고개를 돌려 수레를 좇았다. 내리막길을 다 내려간 수레는 금세 평지에 다다르는가 싶더니 아차, 하는 순간 옆 도랑으로 굴러 떨어졌다.

김손은 영문을 모른 채 달려갔다. 노인이 수레 밑에 깔리지나 않았나, 해서였다. 노인은 멀쩡하게 길바닥에 앉아 있었다. 보아하니 노인은 거기까지 끌고 온 빈 수레를 도랑 속으로 처박아버린 것 같았다. 노인은 맨발이었다. 신의 보호를 받지 못한 발에선 피가 흘렀고 흙들은 피를 머금은 채 굳어갔다. 노인은 무서운 격정으로 어깨를 들썩이며 숨을 헐떡였다. 여전히 얼굴은 붉게 상기되었고 온몸은 땀에 젖어 번들거렸다. 그리고 노인은 통곡하기 시작했다. 노인의 울음은 아까의 수레 소리보다 더 크게 그를 흔들었다. 어떤 감당하기 힘든 삶의 신고(辛苦)가 노인을 그토록 통곡하게 하는가 싶어 김손의 가슴은 바위로 짓누르듯 무거웠다.

얼마간의 시간이 지났을까? 노인은 천천히 일어서더니 옷에 묻은 진흙과 먼지를 툭툭 털고, 개울가로 가 이제 여기저기 부서진 수레를 힘들여 끄집어내었다. 그러고는 수레를 끌고 달려왔던 길을 되돌아 천천히 올라갔다. 김손도 그곳을 떠났다. 노인의 얼굴은 이제 고통 대신 체념의 빛이 떠올랐고 그것은 아주 평화로워 보였다.

고 모 古母

한 어미가 방에 앉아 있다. 방석도 없이 그냥 맨바닥에 앉아 있
다. 다만 집주인답게 아래쪽 구들목에 앉아 있다. 말은 하지 않는
다. 어차피 해봐야 혼잣말, 들을 사람도 없다. 어미가 앉아 있다.
그냥 묵묵히. 벽을 등지고 앉아도 벽에 기대지는 않는다. 조금 몸
을 수그린 채 앉아 있어 언뜻 보면 앞으로 기우는 듯하다.

그런 자세로 어미는 마주 보이는 문을 물끄러미 바라보고 있
다. 거기에는 아무것도 없다. 그냥 창호지 바른 미닫이문이다. 그
러나 오래되어 누렇게 바래고 허름한 스크린과 같은 미닫이문을
통해 어미는 모든 것들을 본다. 활동사진을 보듯 지난날의 여러
장면들, 어미의 뇌리에 찍히고 인화된 모든 사건과 순간들…….

어미가 바라보는 멀건 창호지문 앉은키 높이에는 손바닥만 한

유리가 붙어 있다. 그건 문살 사이로 세상을 내다볼 수 있는 창이다. 조금 고쳐 앉으며 무릎걸음으로 다가가 눈을 댄다. 아직도 바늘귀가 보이는 눈빛은 형형하다. 거기 바로 뵈는 곳에 사십여 년 전 삽짝이 있고 삽짝 안은 황토 마당이다. 참나무 잔가지를 엮어 만든 삽짝은 낮에는 활짝 열려 토담 벽에 비스듬히 기댄 채 세워지고, 밤에는 안과 밖을 가르며 닫힌다. 삽짝에는 요령이 달려 여닫을 때마다 딸랑딸랑 소리를 낸다. 간간 지나는 바람이 요령을 흔들고 갈 때도 있다.

지금 그 삽짝 안으로 어린 새댁이 물동이를 이고 들어오고 있다. 저녁답이다. 새댁은 황토 마당을 가로질러 자분자분 정지로 들어간다. 물동이에서는 걸음을 떼어놓을 때마다 찰랑거리는 물이 전을 타고 흘러내린다. 새댁은 손바닥으로 동이 밑을 연신 쓰다듬으며 떨어지는 물방울들을 훔쳐낸다. 미처 훔쳐내지 못한 물방울들은 뽀얀 목덜미를 타고 차갑게 적삼 속으로 흘러든다. 정지에 들어선 새댁은 물동이를 내리고 구석에 놓인 시커먼 물독에다 물을 쏟아 붓는다. 잠시 출렁거리던 물이 곧 조용해진다. 뚜껑을 덮기 전 새댁은 잠시 물독 속을 들여다본다. 한 얼굴이 떠 있다. 우렁이각시 같은 한 얼굴.

새댁은 삽짝 쪽을 내다본다. 삽짝 밖은 바로 마을을 가로지르는 한길이다. 한길은 아래쪽으로는 한 10리쯤 뻗어 읍내에 닿고 위쪽으로는 병풍처럼 처진 산 속으로 또 한 10리쯤 올라가 조계종 옛 절인 선석사(禪石寺)에 닿는다. 열일곱 나이에 어미는 바로 그 절 밑 마을에서 아래 큰 마을로 가마 타고 시집와 새댁이 되었다. 새댁은 배고픈 듯 입 벌리고 있는 솥에 쌀을 안치고 발간 갈비에 불을 붙인다. 발갛게 피어오른 불이 아궁이 속에서 고래 너머로 잘도 넘어간다. 그 불을 보며 새댁은 서럽다. 빨간 불이 너울너울 넘어가는 고래구멍이 마치 산마을 친정 가는 길처럼 보인다. 새댁은 그 길을 따라 도망가고 싶어 바깥 한데를 내다본다.

바깥은 어느새 땅거미가 지고 어둡다. 집으로 가는 길은 산그늘에 묻혀 보이지도 않는다. 신랑은 한 번 나가면 여러 날이 지나야 집에 온다. 장사를 마치고 어서 돌아오면 좋으련만 아직은 아무 기별도 없다. 들에 간 호랑이 같은 시어미도 아직 오지 않아 텅 빈 집이 더욱 고적한데, 친정 생각은 왜 이리 간절할꼬!

신랑이 돌아와도 달라질 것도 없었다. 일찍 홀로 된 시어미는 아들이 새댁 곁에 붙어 있는 것을 좋아하지 않았다. 아들이 조금만 살갑게 굴어도 눈치가 달랐다. 그러면서도 손자 타령이었다. 아가, 이 집은 너도 알다시피 손이 귀한 집이다. 그러니 네가 할 일은 아들 낳아 대를 잇는 일이니라. 우물가에서 숭늉 찾는다더니, 배지도 않은 아들을 낳으라고 노래를 했다.

다행히 시집온 지 2년 만에 태기가 있었다. 시어미는 새댁의 배가 불러오자 새벽마다 정화수 떠놓고 북두칠성을 향해 빌었다. 첫아이가 태어났다. 아들 점지를 기도한 시어미의 치성도 보람 없이 딸이었다. 시어미는 말이 없었지만 새댁은 사흘 만에 해산방에서 나와 부엌으로 들어갔고 다음 날은 서답을 빨았고 다음 날에는 솔밭 너머 콩밭 고랑에 엎드려 김을 맸다. 첫아이는 세상에 나와 백일을 못 넘기고 죽었다.

해가 바뀌고 둘째아이가 태어났다. 시어미의 더욱 지극한 치성이 있었지만 또 딸이었다. 시어미가 해산 그릇을 집어던지며 혀를 찼다. 새댁은 다음 날로 부엌에 들어가 밥을 지었고 빨래를 하였다. 둘째 또한 돌을 못 넘기고 죽었다.

셋째아이가 태어났다. 셋째 또한 딸이었다. 손(孫) 귀한 집에 들어와 딸만 낳는다고 시어미의 구박이 극심하여 아이 젖 물리는 일도 눈치를 보아야 했다. 셋째는 죽지 않고 세 살 때까지 자라다가, 그 무렵 유행하던 마마에 걸려 온몸에 핀 열꽃으로 할딱이다 불덩이 같은 숨을 토하며 죽었다. 칠월 장마가 길게 이어질 때였다. 기별을 받고 돌아온 남편은 아이를 가마니에 싸 지게에 얹고 마을 공동묘지로 가 묻었다. 이제 죽은 자식 내 손으로 묻기 지겹다는 남편의 뒤를 따라가며 새댁은 울었다.

셋째를 묻고 난 다음 날 남편은 또 집을 나갔다. 그러다가 청천

벽력이게도 주검이 되어 돌아왔다. 집을 떠난 지 보름 만이었다. 인근 장(場)을 보고 달빛을 벗 삼아 집으로 오다가, 재 밑 마을 불량배들에게 맞아 죽었다는 것이다. 남편이 멍석에 싸여 삽짝 안으로 들어왔을 때 이미 새댁은 죽을 작정을 했다. 시어미의 눈에 불이 켜졌다. 구르듯이 새댁에게 달려들었다. 이년, 죽어라. 자식을 셋씩이나 잡아 묵고도 모자라 서방꺼정 잡아묵나! 새댁은 시어미의 매질을 고스란히 받았다. 이제는 살 이유도 희망도 없는 몸이었다. 마지막 가는 길에 시어머니가 내리는 매는 달고도 고마웠다.

장례를 치르고 삼우제를 마친 날 밤, 새댁은 시어미 방을 향해 큰절을 올리고 우물가로 갔다. 남편이 물 길러 다니는 새댁이 안쓰러워 파놓은 우물이었다. 우물 속을 들여다보았다. 조금 이지러진 열이레 달이 우물 속에 떠 있었고 소복을 한 새댁의 모습도 비쳤다. 물독 속에서 보던 우렁이각시의 모습이었다. 새댁이 우물 속으로 몸을 디밀었다. 그때 무언가 뱃속에서 꿈틀하며 새댁의 배를 찼다. 새댁은 놀라 뒤로 물러났다. 그리고 정신이 번쩍 들었다. 살려고 어미 배를 걷어차는 생명을 느낀 것이다.

새댁의 행동을 몰래 지켜보던 시어미가 홱, 방문을 열며 말했다. 왜, 뭐가 남아서 못 죽노? 모진 년, 부끄러운 줄 알아야지! 새댁이 시어머니를 쳐다보며 말했다. 어무이, 죽고 싶어도 못 죽겠

심더. 뱃속의 유복자가 안 죽겠다고 발버둥인데 전들 우짜겠습니꺼. 방 안에서 분노에 이글거리는 눈으로 쏘아보던 시어미가 맨발로 달려 나와 새댁을 끌어안았다. 니 머라카노. 그기 참말이가? 지금 네 뱃속에 유복자가 있단 말이가? 시어미가 새댁과 부둥켜안고 울고 웃다가 당신이 거처하는 큰방으로 새댁을 안듯이 데리고 들어와, 그 날부터 한방을 쓰며 모녀지간처럼 고부가 서로 의지하며 살았다.

유달리 길던 겨울이 끝나고 강남 갔던 제비가 돌아오는 삼월 삼짇날, 새댁은 네 번째 아이를 낳았다. 시어미가 그토록 바라던 대를 이을 아들이었다. 빨갛게 우는 아이를 광주리에 담아 시렁 위에 얹었다. 명 길고 부귀를 누리라는 염원에서였다. 그래서 아이는 마을 사람들에 의해 과리라는 이름으로 불렸고 그것이 아명(兒名)이 되었다.

과리는 집안 두 여자의 굄과 거둠 속에 무럭무럭 자라났다. 두어 달 후 전쟁이 터졌다. 6·25였다. 새댁과 시어미는 전쟁에 상관 안 했다. 군대에 끌려갔을지도 모를 남편은 객사했고 집안 유일한 남자인 유복자는 아직 어렸던 것이다. 전쟁 나고 얼마 안 된 그 해 여름에 보따리를 이고 진 피난민들이 무더기로 내려왔다. 그들은 하룻밤씩 마을 앞 냇가에서 노숙을 하고는 떠나갔다. 이어 인민군들이 밀어 닥쳤다. 처음에 온 인민군들은 쾌활했고 동무 동무하며 마을 사람들에 친절했다. 그들은 하루나 이틀씩 머물고 조국을 마저 해방시킨다며 남쪽으로 내려갔다.

미군인지 유엔군인지 전쟁에 참전한다는 소식이 들려왔다. 곧 비행기 편대들이 쌩쌩 날아다니고 밤에는 낙동강이 있는 남쪽 하늘에서 벌건 불 폭탄들이 우박처럼 쏟아졌다. 이어 미군들이 들어왔고 흉흉한 소문들이 마을에 돌았다. 미군들이 여자를 좋아하여 혼자 있는 여자만 보면 노소를 안 가리고 겁탈한다는 것이다. 게다가 두세 놈씩 몰려다니며 윤간을 하는 데다가 한 번 당하면 몸뚱이가 절단 난다는 것이다. 더럭 겁이 났다. 전쟁이 저녁마다 퍼부어지는 강 건너 불이 아니라 코앞의 흉측한 사건이 된 것이다. 시어미와 새댁은 남정네 없는 집에 닥칠 위험에 대비했다. 밤에는, 고부간에 같은 방을 썼지만 새댁은 젖먹이랑 다락방으로 올라가 잤다. 낮에는 시어미만이 들에 나갔고 새댁은 집 안에 그것도 방안에만 있었다. 삽짝은 밤이나 낮이나 닫혀 있었고 새댁은 뒷간 가기도 두려워 요강을 썼다.

그러던 어느 날이었다. 바깥의 인기척에 놀란 새댁이 문틈으로 내다보니 키가 장승만 한 흰둥이 하나와 검둥이 하나가 삽짝을 밀치고 집 안으로 들어왔다. 시어미는 들에 가고 없었다. 새댁은 아이를 안고 다락으로 올라가 문을 잠그고 숨을 죽인 채 엎드려 있었다. 군인들은 부엌부터 기웃거렸다. 다음엔 거침없이 마루로 올라오더니 방문을 열었다. 이 방 저 방 뒤져봐도 사람의 흔적이 없자, 그들은 갓뎀 뭐라고 슈왈거리며 마당으로 내려섰다. 그때 낯설고 이상한 분위기를 느낀 아이가 새댁의 품에 안겨 비죽 비죽 울기 시작했다. 그들이 되돌아섰다. 다락방 문이 뜯겨져 나가고 새댁이 하얗게 질린 채 끌려 내려왔다. 새댁은 아이를 끌어안고 구석으로 가 몸을 우겨넣고 애원하는 눈빛으로 그들을 쳐다보았다.

그때, 솔밭 너머 밭고랑에서 김을 매고 있던 시어미의 귀에 유복자 울음소리가 들렸다. 이상했다. 손자 우는 소리가 예까지 들릴 리가 만무했다. 번개 같은 생각이 머리를 쳤다. 나는 듯이 집으로 달렸다. 신발은 벗겨졌고 돌을 찬 발에서는 피가 났지만 아픈 줄도 몰랐다. 방안에는 이미 일이 벌어지고 있었다. 군복 바지를 내린 흰둥이가 팔뚝만 한 것을 내놓고 며느리에게 달려들었다. 며느리는 아이를 죽으라고 껴안은 채 도리질을 치고 있고 아이는 숨이 넘어갈 듯 울어대는데, 검둥이는 아이를 떼놓으려고 아이를 잡아당기고 있었다. 시어미가 나는 듯이 뛰어들어 흰둥이 앞을 가로막고 섰다.

난데없이 나타난 방해자가 여자인 것을 안 군인들은 하얀 이빨을 드러내며 웃었다. 흰둥이가 시어미의 가슴을 떠다밀었다. 털썩, 시어미가 뒤로 나자빠졌다. 방바닥에 엉덩방아를 찧은 시어미는 다시 무릎걸음으로 다가가 흰둥이 앞을 가로막았다. 흰둥이의 벌겋게 달아오른 성기가 바로 코앞에서 건들거렸다. 시어미가 흰둥이의 팔뚝만한 그것을 입에 넣고 빨기 시작했다. 갑자기 벌어진 상황에 새댁도 놀라고 병사들도 놀랐다. 흰둥이가 멍청히 나이 든 여자를 내려다보았고, 검둥이 또한 벌린 입을 다물지 못한 채 흰둥이를 쳐다보았다.

그 틈을 타, 새댁은 아이를 안고 이웃집으로 달아나 두지 속으로 기어들어 숨었다. 얼마가 지났을까. 시어미가 새댁을 찾아다니는 소리가 들렸다. 에미야, 괜찮다. 나오너라. 군인들 다 갔다. 나오너라. 이후에도 퇴각하는 인민군의 만행이 있었고 빨치산을 흉내 낸 강도들이 마을을 습격하기도 하였지만 무사하였다. 아이는 전쟁을 겪으며 더욱 억세진 두 여자의 지킴을 받으며 아무 탈 없이 무럭무럭 잘 자랐다.

아이가 초등학교에 들어갔다. 새댁은 어느덧 어머니가 되었고 시어미는 할머니가 되었다. 아이는 제 또래에 비해 몸집도 크고 공부도 잘했다. 어미와 할미는 아이에 대한 자부심과 함께 꿈을 가졌다. 어느 비 온 다음 날 저녁이었다. 두 고부는 아이를 혼자 공부하게 하고는 삽과 지게를 지고 집 뒤 언덕으로 올라갔다. 초저녁 별들이 하나 둘 뜨기 시작하는 하늘 아래 멀리 서진산 한 자락이 언덕으로 내려오고 있었고, 그 언덕으로 이어지는 산자락의 끝이 잘려져 있었다. 왜정 때 일인들이 끊어놓은 것이었다. 할미가 말했다. 논두렁 정기라도 타고나야 한다 하니 이걸 이어 놓자. 두 여자가 끊어진 산자락을 복원하기 시작했다. 작업은 몇 날 며칠 계속되었고 마침내 언덕과 산줄기의 지맥이 이어졌다. 이제 아이는 하늘에 우뚝 솟은 서진산의 정기를 이어받을 수 있을 것이다. 고부는 이마에 흐르는 땀을 서로 훔쳐 주며 만족해했다.

세월은 흘러 아이가 읍내에 있는 중학교에 들어갔다. 아이는 이제 무거운 가방을 들고 아침 일찍 학교에 갔고 저물녘에나 돌아왔다. 아이는 중학생이 되어서도 공부를 잘했다. 고부는 아이가 학교에서 돌아올 때쯤에는 일을 마치고 마중을 나갔다. 저무는 가운데 가물가물 들을 가로질러 오는 아이를 바라보는 것은 그녀들이 누릴 수 있는 최상의 기쁨이고 행복이었다.

어미가 내다보고 있는 그 삽짝 밖으로 이번엔 상여 하나가 나간다.

아이가 중학 3학년 때였다. 갑자기 할미가 세상을 떠났다. 할미의 죽음은 어미에게 또 다른 충격이었다. 어미가 할미의 주검을 붙들고 통곡했다. 애고, 애고, 이제 누가 날 지켜줄꼬! 이제 누가 날 지켜줄꼬! 과리 아직 어린데 왜 이리 눈을 감소! 왜 이리 눈을 감소! 슬픔이 가슴을 에었지만 애통해 하고만 있을 수도 없었다. 할미가 없는 집안은 어미 혼자 꾸려가야 했다.

어미는 아침 일찍 일어나 저녁 늦게까지 농사일과 집안일을 했다. 아이가 고등학생이 되어 농사일을 도울 수 있게 되었어도 마찬가지였다. 아이는 오로지 공부만 하게 하였다. 그런 어미를 마을 사람들은 이해하지 못했다. 마을 사람들의 수군거림이 시작되었다. 자식이 공부 좀 한다고 너무 큰 욕심을 부린다는 것이다. 저러다가 탈나지, 농투성이는 농사나 짓고 살아야 하는데……. 그 말에는 혼자 사는 과부댁에 대한 업신여김도 들어 있었다.

어미는 그런 수군거림에 아랑곳하지 않았다. 오로지 하나의 소망에만 매달렸다. 아이도 어미의 소망이 무엇이라는 것을 잘 알았다. 어떤 때는 새벽까지 불 켜져 있는 아이의 공부방 앞에서 서성이던 어미가, 이제 그만 자라고 타이르기도 하였다. 모자(母子) 간의 그런 합심과 노력 끝에 아들은 서울의 일류대학에 들어갔다. 기쁨과 함께 이별의 아쉬움도 있었다. 어미는 오래 손을 놓지 않고 있는 자식을 떠나보내고 돌아서서 눈물을 닦았다.

아들이 대학에 다니는 4년 동안 어미는 오로지 억센 농부로만 살았다. 어미의 뒷바라지로 무사히 학업을 마친 아들은 외가가 있는 서진산 선석사로 들어가 고등고시 준비를 시작했다. 어미는 새벽마다 우물에서 정화수를 길어 놓고 북두칠성을 향해 빌었다. 아들은 두 번 낙방하고 세 번째 시험에 합격하였다. 어미의 모든 소망이 이루어지는 순간이었다. 마을 사람들이 잔치를 베풀고 읍내에서 기관장들이 올라와 자리를 빛내 주었다. 아들이 어미를 등에 업었다. 누가 이런 날이 있으리라고 상상이나 했을까. 어미는 등에 업힌 채 아들의 귀에다 대고 말했다. 할매가 업혀야 되는데, 할매가 업혀야 되는데, 네 할매 아니었으면 내가 어찌 살아남아 이 영광을 보았을꼬!

아들은 중앙 부처의 공무원으로 발령이 났다. 아들은 어미에게 농토를 정리하고 서울로 함께 가자고 했다. 어미는 생각 끝에 말했다. 급할 게 없지 않느냐고. 네 아버지와 할머니가 묻혀 있는 땅인데 어찌 그리 쉽게 떠날 수가 있겠느냐고. 우선 먼저 올라가 자리부터 잡으라고.

어미는 다시 혼자가 되었지만 이제 군수만큼 높다는 아들을 둔 덕에 마을에서 대접을 받으며 일생 중 가장 마음 편하고도 행복한 나날을 보냈다. 아무도 과리네라고 낮추어 부르지 않았으며 과수댁이라고 업신여기지도 않았다. 보는 사람들마다 고생한 보람이 있다고 덕담을 했고 복 늙은이로 늙겠다며 부러워했다. 집에 딸린 텃밭 하나만 남기고 오랫동안 지어오던 농사도 더 이상 짓지 않고 남에게 주어 부치게 했다. 아들이 어미에게 제일 먼저 받은 것이 이제 고생스런 농사는 그만둔다는 약조였던 것이다.

갑자기 할 일이 없어진 어미는 심심했다. 오로지 서울 간 아들의 편지를 기다리는 것이 일과가 되었다. 아들의 편지가 오면 어미는 읽고, 읽고, 몇 번이나 거듭 읽었다. 한동안 뜸하던 아들의 편지가 왔다. 사진이 들어 있었다. 큰 눈 큰 코에 반듯한 이마를 가진 잘 생긴 처녀가 어미를 보고 웃고 있었다. 편지를 펼치니, 집안도 괜찮고 공부도 많이 한 서울 아가씨인데 어머니만 허락하면 결혼하고 싶다는 내용이었다.

아들이 신부될 아가씨와 어미를 보러 집에 왔다. 처녀는 사진에서 본 대로였다. 어미는 마다할 까닭을 찾을 수가 없었다. 결혼식은 서울서 치렀다. 으리으리한 식장에는 신부 측 하객들로 넘쳤다. 아들은 식을 마치자마자 며느리와 제주도로 신혼여행을 가고 어미는 당일로 돌아왔다.

며칠 뒤, 신혼여행에서 돌아온 신랑신부가 시골 어미 집에 들렀다. 아들이 말했다. 처가에서 아파트 하나를 장만해 주었는데, 방도 많고 하니 어머니를 모셨으면 한다고 했다. 며느리는 어미를 바라보며 웃기만 할 뿐 아무 말이 없었다. 어미는 아직 괜찮으니 천천히 생각해 보자며 아들 내외를 돌려보내며 말했다. 사돈 댁에서 큰마음을 썼구나. 얼른 올라가 잘 다녀왔다 인사드리고 고맙다는 내 말도 전해라.

어미는 아들을 떠나보내고 다시 혼자 벽을 등지고 앉았다. 어쩐지 서운했다. 아들이 이제 어미 품을 떠나 영영 젊은 지 댁의 품으로 가버린 것 같은 허전한 마음을 지울 수가 없었다. 어미의 눈에 물빛이 비쳤다. 어미는 머리를 세게 흔들었다. 그럴 리가 있나. 그럴 리가 있나. 내 마음이 왜 이리 요상할꼬…….

손자가 태어나 어미는 아들집에 손으로 초대되었다. 복 늙은이 손자 보러 서울 가냐고 마을 사람들은 축하 겸 인사를 했다. 백일상은 처가댁에서 사람들이 와서 마련한 것 같았다. 사돈 식구들과 사돈댁 손님들이 묵은 쌀에 바구미 일듯 모여들었다. 어미는 그저 꿔다놓은 보릿자루였다. 그나마 사돈이 손자를 사돈, 손자 좀 보시지요, 하며 다른 사람들 손에서 빼앗다시피 하여 무릎에 앉혀주는 바람에 한 번 안아보게 되었을 뿐이다.

아들이 퇴근을 하고 돌아왔다. 아들이 어미를 보며 말했다. 어머니, 이제 손자도 봐 주며 내려가시지 말고 저희랑 사세요. 한동안 침묵이 흘렀다. 갑자기 사돈이 일어서더니 가봐야겠다며 식구들을 몰고 우, 나가 버렸다. 며느리가 원망스런 눈길로 아들을 쳐다보았다. 어미가 말했다. 어멈도 있고 사돈도 가까이 계시잖니. 네가 날 생각해서 그러는 줄 안다만, 여기 와서 내가 뭘 하겠느냐. 아직 내 몸 성하여 혼자 얼마든지 밥 끓여먹고 살 수 있으니 걱정은 말아라. 나는 내일 내려간다.

며칠 뒤 아들이 찾아와 어미의 손을 잡고 말했다. 어머니, 집사람과 의논이 되었으니 저희랑 살게 올라가십시다. 어미도 아들의 손을 마주잡으며 대답했다. 나는 그냥 여기 산다. 그래야 네가 고향에 찾아와 집이라고 하룻밤 묵어갈 수도 있지. 아무도 없다고 생각해 봐라. 얼마나 쓸쓸하겠노. 저 마당의 감나무나 우물처럼 에미도 여기 그냥 있을란다. 더 이상 그 얘기는 꺼내지 마라. 그 말대로 어미는 마당의 감나무로 남아 서울을 향해 가지를 뻗으며 늙어갔고, 감나무 아래 우물처럼 고여 깊어만 갔다.

그 무렵, 마을에 전화가 들어왔다. 아들은 어미가 전화라도 자주 하도록 집에 전화를 놓아주었다. 이제 어미는 편지를 기다리는 대신 전화를 기다렸다. 전화기는 항상 반들반들 닦여 어미 머리맡에 놓여 있었다. 둘째손자를 보았다는 소식도 그 전화로 들었다. 백일이 되어 어미는 서울로 초청되었으나 이번에는 가지 않았다. 대신, 며느리에게 말했다. 곧 네 시어른 제삿날이니 그때 내려오면 보자꾸나.

제삿날이었다. 아들은 공무로 바빠 못 내려온다며, 전화만 오고 며느리만 내려와 말했다. 어머님, 이제 제사를 저희들이 모셨으면 해요. 아범이 승진하면서 중요한 직책을 맡아 바쁜 데다가 해외 출장도 잦아 앞으로는 더욱 집에 내려오기가 어려울 거예요. 저도 애를 둘씩이나 데리고 움직이기가 쉽지 않고요. 그렇게 하여 제사마저 며느리가 가져가고 나자, 어미는 그야말로 빈껍데기로 덩그런 집에 홀로 남게 되었다.

이제 아들은 일부러 내려오지 않으면 내려올 일이 없어졌다. 말이 그렇지 일부러 내려온다는 것이 얼마나 어려운 일인가. 어미는 이 모든 처사에서 며느리의 속내를 알았지만 아무 말 안 했다. 세월은 흐르고 아들은 점점 더 바빠졌다. 가끔씩 전화만으로 안부를 물어 왔을 뿐이다.

며느리도 한 달에 한 번 전화했다. 생활비를 얼마 부쳤다는 내용이었다. 어미는 손자들 목소리도 듣고, 며느리와도 얘기를 하고 싶었지만 전화는 금방 끊겼다. 어미는 자기 목소리가 가느다란 전화선을 타고 건너오는 것도 며느리가 달가워하지 않는다는 것을 알았다. 그래서 좀처럼 전화하지 않았다. 어쩌다가 전화를 걸어도 며느리가 받으면 끊었다.

언젠가 어미는 아들과 통화를 하였다. 아범이냐. 예. 접니다, 어머니. 별일 없냐? 예, 별일 없는데요. 그럼 끊는다. 아니 어머니, 끊지 마세요. 무슨 일 있으세요? 아들이 전화선 너머에서 다급하게 말했다. 어미는 더 이상 말이 없다가 조용히 수화기를 내려놓았다. 할 말이 없었기 때문이다. 몇 번 그런 식으로 통화가 끝난 뒤, 아들이 뒤이어 전화를 넣었다. 별일 없으세요? 응. 정말 별일 없으세요? 그래. 그럼, 왜 전화하셨어요? ……그냥. 전화 잘 안 하시잖아요. 무슨 일 있으세요, 어머니? 어미는 묵묵부답이다. 침묵이 길게 느껴졌던지 이번에는 아들이 먼저 수화기를 내려놓으며 말했다. 그럼 안녕히 계세요.

또 한동안 세월이 흘러갔다. 아들이 집에 내려왔다. 휴가라고 했다. 휴가면 가족과 함께 와야지 왜 혼자 왔느냐고 물으니, 아들은 그냥 어미가 보고 싶어 왔다고 했다. 그러면서 어두운 얼굴이 되었고 몰래 한숨을 내쉬었다. 어미는 아들의 얼굴에서 수심과 갈등을 읽었다. 아들은 결코 행복해 보이지 않았다. 그날 저녁 어미는 아들을 위해 정성스레 밥상을 차렸다. 희미한 불빛 아래 오랜만에 모자가 마주앉아 저녁을 먹으면서 어미는 아들을 나무랐다. 너는 내 아들이지만 이젠 네 처의 지아비다. 어멈은 또 네 처이고 네 아들들의 어미이다. 네가 있을 곳은 여기가 아니라 네 처 있는 곳이니, 날이 밝거든 올라가거라. 아들이 말했다. 어머니를 홀로 계시게 하여 전 하루도 마음 편할 날이 없어요. 먼 변방에 내버려둔 것 같아요. 제가 죄인입니다. 그런 소리 마라. 내가 아직 건강하니 얼마나 다행이냐. 지 몸 하나 돌보는 것도 큰 공덕이라고 생각한다. 그러니 에미 걱정은 이제 붙들어 매고 너 하는 일이나 실수 없이 잘해라.

또 세월이 흘러갔다. 아들이 올라가고 난 뒤 어미는 이제 아들의 전화를 기다리지 않았다. 전화기 앞에 앉아 있지도 않았고 아들집으로 망설이며 걸어보곤 하던 전화질도 하지 않았다. 전화기는 뽀얗게 먼지를 뒤집어쓴 채 구석에 처박혀 있었다. 전화 벨 소리도 아주 조그맣게 줄여놓아 가을밤의 귀뚜라미 소리만큼 가늘고 작았다. 어미는 그렇게 스스로 고립되어 갔고 잊혀 갔다. 그리움으로 익은 감을 발갛게 달아놓은 늙은 감나무처럼, 아무도 퍼마실 이 없어 고이기만 하는 마당의 깊고 침침한 우물처럼…….

오랫동안 어미에게서 전화도 없고 연락이 없자, 아들은 걱정이되었다. 틈틈이 전화를 하면 어미로부터 잘 있다는 말과 걱정 말라는 말만 들을 수 있었다. 궁리 끝에 아들은 고향 마을에 부탁하여 어미를 돌볼 사람을 하나 들였다. 아래채를 내어주고 어미의조석을 부탁한 것이다. 아들은 이제 먼 집안 되는 그 아주머니에게 어미의 안부를 물어야 했다. 할머니는 요즈음 마실도 통 안 나가고 집에만 계세요. 아들이 들은 말이었다.

어미는 그 즈음 아주 조금씩만 먹었다. 의식적으로 양을 줄여나간 것인지 그냥 그렇게 된 것인지는 아무도 모른다. 하루 세 끼밥이 두 끼로 줄었고 나중에는 한 끼로 줄어들었다. 점점 식사량이 줄어들자 친척 아주머니가 서울로 전화를 했다. 할머니가 별로 잡숫질 않는다고. 하루 겨우 밥 한 그릇으로 사신다고. 전화는며느리가 받았다. 며칠 후 비타민 몇 통이 소포로 배달되었다.

얼마 후 아들이 전화를 했을 때 아주머니가 말했다. 지가 서울로 전화한 것을 안 할머니가 그때부터는 밥을 잘 잡숫데요. 비타민 때문인지 아니면 서울에서 걱정하실까 봐 그랬는지는 몰라도,그 이후부터는 식사도 잘하시고 마당을 한 바퀴씩 돌며 운동도 하고 들어가시곤 해요. 그래서 저도 한 시름 놓았고요.

그 얼마 후 아주머니가 아들에게 또 전화를 하였다. 할머니가 식사도 안 하고 자꾸 여위시는 것 같아요. 전에는 식사를 잘하신 댔잖아요. 그랬죠. 전에는 매끼마다 그릇을 깨끗이 비우셨어요. 그런데 알고 보니, 할머니는 밥을 잡순 게 아니라 모아놓았다가 내가 들에 일하러 간 사이, 개를 준 거예요. 그 바람에 우리 집 개 랑 이웃 개들이 통통하게 살이 쪘다니까요. 도무지 걱정이라고는 없을 분이 왜 그러시는지 모르겠어요. 아직 노망하실 나이도 아니잖아요.

아들이 어미에게 전화를 하여 억지로 받게 하였다. 어미가 말 했다. 요즘 입맛이 떨어진 데다, 본시 늙으면 양도 주는 법이니 걱정할 일이 아니다.

그런 후, 한참 동안은 아무런 연락도 없이 잠잠했다. 아들은 신 경은 쓰면서도 잊고 있었는데 아주머니한테서 다시 전화가 왔다. 아들이 외국 출장을 다녀온 다음 날이었다. 할머니가 아무래도 이상해요. 식사를 하나도 안 드신 것 같아요. 한동안 식사를 마다 않고 조금씩은 드시기에 안심하고 있었는데……. 제 친정아버지 가 위독하시다고 연락이 와서 친정에 잠깐 갔어요. 가기 전에 밥 하고 국하고 끓여 차려 잡숫도록 해놓고 갔었지요. 처음에는 다 음 날로 온다고 간 것이 그만 병세가 오늘 낼 하는 바람에 붙잡혀 있다가, 장례까지 치르고 오니 일주일이 지났어요. 부랴부랴 돌아와서 보니, 할머니 밥상이 차려놓은 그대로 있는 거예요. 처음엔 할머니가 서울에라도 가신 줄 알았어요. 누가 와서 서울로 모셔 간 줄 알았지요. 혹시나 싶어 친정에 잠깐 다녀온다고 서울에 알렸거든요. 그래서 별 생각 없이 할머니 안 계셔요, 하고 방문을 열어 보니 할머니가 그냥 그대로 계시는 거예요. 늘 앉아 계시던 자리에, 늘 앉아 계시는 모습 그대로요. 그래 깜짝 놀라 할머니 왜 이러고 계세요. 식사는요? 하고 물어도 아무 대답이 없으셔요. 코에 손을 대어보니 가느다란 숨이 있는 듯 없는 듯해 급히 전화하는 거예요.

어미가 방에 앉아 있었다. 방석도 없이 그냥 맨바닥에 앉아 있었다. 다만 집주인답게 아래쪽 구들목에 앉아 있었다. 그냥 묵묵히, 벽을 등지고 앉았어도 벽에 기대지는 않았다. 몸을 조금 수그린 채 앉아 있어, 언뜻 보면 앞으로 기우는 듯해 보였다. 그런 자세로 물끄러미 문 쪽을 보고 있었다.

아들이 방문을 열고 나직이 어머니, 하고 불렀다. 어미는 쳐다보지 않았다. 한 번 더 어머니! 하고 불렀다. 어미는 여전히 쳐다보지 않았다. 아들이 어미를 부르면 어미는 언제나 웃으며 쳐다보았다. 그 웃음은 쳐다보기 전에 이미 얼굴에 가득 피어난 웃음이었다. 이 세상 무엇과도 바꿀 수 없는 행복한 웃음이었다. 그러나 지금은 쳐다보지 않았다. 묵묵히 문만 바라보고 있었다. 조금기운 듯 앞으로 몸을 숙이고……

아들이 다시 한 번 어머니! 하고 불렀다. 어미는 여전히 쳐다보지 않았다. 못 들은 것일까. 담을 넘어오는 바람소리, 마당에 떨어지는 감잎 지는 소리도 짚어내던 귀 밝은 어미가 못 들었을까. 삽짝을 들어서는 아들의 발자국 소리를 기다려 귀를 바가지만 하게 열어놓고 있다가 끝내 귀먹고 말았을까. 아니면 이제 아무 소리도 듣지 않으려는, 더 이상 기다리지 않으려는 모진 마음이 스스로 귀를 닫게 한 것일까.

아들이 집에 도착했다는 소식을 듣고 이장을 비롯한 마을 사람들이 모여들었다. 그들은 고인을 자리에 편히 눕혀드리려고 하였으나 꼼짝을 않아 어쩔 수 없었다고 안타까워했다. 아들이 어미 방에 들어가 어머니! 저 왔어요, 과리가 왔어요. 하며 어미를 안았다. 비로소 어미의 몸이 풀렸다. 아들은 어미를 요 위에 누이고 사람들을 물린 뒤, 어미 곁에서 밤을 새웠다. 어미는 그렇게 이승을 하직했다. 유복자로 태어난 아들이, 어쩔 수 없이 짊어져야 했던 짐을 벗겨주고자 스스로 세상을 버린 것이다. 그러면서도 자신을 보러 올 아들을 기다려, 앉은 채로 숨을 놓은 어미! 마치 아직도 살아 아들을 기다리는 듯한 자세로 세상을 떠난 어미! 아들은 그렇게 허망하게 세상을 버린 어미를 끌어안고 밤새도록 울고 또 울었다.

　세월이 흐른 지금, 아들에게는 어미의 단 하나의 모습밖에 떠오르지 않는다. 어머니가 앉아 계신다. 묵묵히, 벽을 등지고 앉아도 벽에 기대지는 않으셨다. 조금 몸을 수그린 채 앉아 계셔 언뜻 보면 앞으로 기우는 듯해 보인다. 그런 자세로 마주 보이는 문을 물끄러미 바라보고 계신다.

　그런 어미의 모습에서 아들은 이제 자신의 모습을 본다. 결국 아들도 어미처럼 잊혀갈 것이다. 아니, 벌써 아득히 잊혀가고 있는지도 모른다. 어찌 아들뿐이랴, 세상의 모든 존재들은 잊혀갈 운명이다. 차례차례 화석이 되고 모래가 되어 마침내 한 줄기 바람에 흩어질 것이다. 어미처럼, 고모(古母)가 되어 가장 가까운 존재에게서부터 버림받고 잊혀갈 뿐인 것이다.

　조개처럼 입을 꼬옥 다물고 화석처럼 앉아 있는 어미, 그 어미를 아들이 다시 한 번 부른다. 어머니! 어미가 돌아본다. 그러나 거기 어미는 없다.

낮은 세상

다리 위를 오가는 수많은 사람들은 신천을 제대로 볼 수 없다. 그들은 다만 스쳐 가는 통행인일 뿐이다. 신천을 제대로 보자면 다리 아래로 내려와야 한다. 그러자면 누구든 하강하지 않으면 안 된다. 하강이라는 말은 아득히 높은 곳에서 내려오는 것을 의미한다. 말하자면 신이 지상으로 왕림하거나 선녀가 하늘에서 세상으로 내려오는 것이다. 마찬가지로 신천을 옳게 보기 위해서도 그런 하강이 필요하다. 그래야만 내가 말하는 낮은 세상, 비의스런 신천의 모습을 볼 수 있을 것이다.

다리 위를 오가면서 보는 신천의 모습은 시간과 계절에 따라 다르다. 옅은 물안개 사이로 부신 아침 햇살이 쏟아지면 길게 누운 신천도 기지개를 켜며 하루를 시작한다. 낮 동안은 태양을 마주보며 누워 그저 덤덤한 얼굴로 시간을 보내다가, 신천을 따라 불어오는 저녁바람이 잔물결을 만들 때는 아연 활기를 띠며 수면 위로 붉은 놀을 비춰내기도 한다. 계절의 변화에 따른 신천의 변화 또한 자연의 그것과 별반 다르지 않다. 가을의 쓸쓸함과 겨울의 황량함, 봄날의 나른함과 여름날의 풋풋함이 교차한다. 그런 것과는 상관없이 온몸을 다 내어놓고 고스란히 비 맞고 있는 신천은 처연한 구석이 없지도 않지만, 비 오고 난 뒤의 신천은 전혀 다른 얼굴로 아름답다. 먼지와 오물과 쓰레기들이 씻겨간 뒤, 새뜻한 둔치의 풀들은 한마디로 눈부시다. 거기다 거짓말같이 흐르는 푸른 물줄기란! 그건 도시 한가운데를 지나는 동맥과 같은 느낌을 준다.

나는 늘 신천 아래로 내려가 보고 싶었다. 그러나 오랫동안 신천에 내려가 보지 못했다. 우리의 일상이란 그런 것이다. 기대와는 달리 우리를 배반하며, 개미 체 바퀴 돌듯 하는 흐름 속으로 우리를 몰아가곤 한다. 그러다가 마침내 신천을 내려가 볼 수 있는 기회가 생겼다. 실직을 한 것이다. 아니, 실직을 하였다기보다 내가 스스로 직장을 버렸다. 생활을 위해 직업에 매어 사느니보다 차라리 주림과 헐벗음에 매이더라도 내 존재의 문제와 씨름해야 했다. 비로소 나 자신으로 온전히 돌아와 목구멍이 아닌 정신의 문제와 맞부딪치게 된 것이다. 실업의 나날, 나는 내 앞에 놓인 첩첩한 시간과 싸워야 했고 예측할 수 없는 앞날과도 싸워야 했다.

신천을 안고 누운 둑은 상당히 높았다. 바닥까지는 가파른 시멘트 계단 스무 개를 조심스럽게 내려와야 했다. 계단 한쪽은 안전을 위한 철제 난간이 녹슨 채 붙어 있었다. 시내 쪽 둑에는 나무들이 두 줄로 심어졌고 그 사이로 둑길이 터널처럼 뚫려 있었다. 사람들이 산책로로 이용하는 이 길은 촘촘한 나무들에 가려져 눈에 잘 띄지 않았다. 따라서 차들이 통행하는 큰길과 이웃해 있으면서도 의외로 은밀함을 간직하고 있었다. 바로 그런 외부적인 조건이 신천의 낮은 세상에다 묘한 안정감 같은 것을 부여했다.

봄날, 다리 위에서 보는 신천은 상당히 아름답다. 가운데로 흐르는 신천을 두고 양쪽 둔치에 조성된 잔디밭은 마치 푸른 천을 깔아놓은 것처럼 보였다. 잔디밭 속으로 초등학교 운동회 때 백군의 머리띠 같은 시멘트 포장길이 뽀얗게 누워 있어 색다른 정취가 느껴졌다. 그러나 실제 내려와서 보는 신천은 멀리에서 보기와는 많이 달랐다. 비닐조각과 마른 개똥 부스러기들이 여기저기 널렸는가 하면, 마르지 않은 똥 무더기 근처는 몸집 큰 똥파리들이 윙윙 날아다녔다. 구질구질하고 더러운 것들을 피해 멀리 떨어진 곳으로 갔다. 페인트칠한 벤치가 드문드문 놓여 있었다. 이리저리 옮길 수 없도록 바닥에 고착되어 있는 구조물이다.

아직 오전이라 사람들은 별로 눈에 띄지 않았다. 한참 아래 다리 밑에는 누군가 드럼통에다 불을 피우는지 연기 올라오는 것이 보였다. 흩어지는 연기 사이로 서성이는 사람들이 실루엣처럼 비쳤다. 벤치에 엉덩이를 내리고 앉았다. 이제 누가 와도 이 근처는 내 영역이 될 것이다. 잘 모르는 사람들은 서로서로 거리를 두고 피해 앉는 법이니까. 차츰 날씨가 깨어나며 구름장 사이로 햇살이 비쳤다. 벤치 등받이에 기대앉으며 따뜻한 햇살에 몸을 맡겼다. 건너편 둔치 위로 아지랑이 같은 것이 피어 햇살 속에 어른거렸다. 햇살의 무늬일지도 모르겠다. 얼굴을 쓰다듬으니 수염이 꺼칠했다. 규칙적으로 면도 안 하고 산 지가 몇 달이 되었다. 하지만, 이만한 거리면 다리 위나 건너편 둑 위에서나 내가 누구인지 알아보는 사람은 없을 것이다. 그 점에 안심하는 자신을 발견하니 쓸쓸한 웃음이 나왔다.

벤치 주변에는 여기저기 버려진 못들이 눈에 띄었다. 박혀 있지 않은 못들은 녹만 슬었다 뿐이지, 멀쩡한 놈도 있고 대가리가 날아가거나 새우처럼 등이 구부러진 놈도 있었다. 흙 속에 대가리를 처박고 모로 누운 놈들도 보였다. 녹슨 채 오슬오슬 소름을 돋우며 다만 한줌 햇볕이 그리운 듯했다. 못들은 어딘가 박혀 있어야 한다. 그런데 그 못들은 의자 속에 스스로를 못 박고 있는 못과는 달리, 내놓고 자기를 편안하게 버려두었다. 세상 속에 자기를 풀어놓은 셈인데, 실제 그 단단한 무기질의 몸이 풀리면서 발간 녹들이 실업의 한 세상을 꽃 피우고 있었다. 목수들이 벤치를 만들다가 버리거나 빠트린 것이 분명한 그 놈들은, 나무 속에 묻혀 어금니를 질끈 물고 사역 중이거나 납작하게 대가리만 내놓고 취업중인 못들과는 전혀 다른 방식으로 존재하는 것이다. 이제는 빠져나온 못이지만, 나는 세상에 어떤 못으로 박혀 있었는지 궁금했다. 또 언제 어떤 못으로 다시 박힐 것인지도.

작년 여름은 오랫동안 마른장마가 계속되며 가물었다. 논바닥이 바둑판처럼 갈라지고 타들어 가는 초목의 모습이 TV에 자주 비쳤다. 그러다가 태풍이 올라오면서 많은 비가 내렸다. 시민들은 신천 다리 위로 물 구경을 나왔고 김선희와 나도 퇴근길에 물 구경을 나섰다. 우리는 주택회사 홍보실의 동료였다. 하늘은 흐린 채 간간이 빗줄기를 뿌렸고 태풍 때문에 바람은 거칠었다. 둘은 각기 우산을 받쳐 들고 다른 사람들처럼 다리 위에서 물 구경을 하였다.

폭우 다음에 흐르는 강물은 검붉은 황톳물이었다. 거대한 바퀴가 구르듯, 쿵쿵 소리로 흐르고 울림으로 흐르며 모든 것을 삼킬 듯 끝없이 흘렀다. 상류에는 도대체 얼마나 많은 물들이 쌓여 있을까? 하루 종일 흐르고도 가쁘기만 한데, 상류에는 또 얼마나 많은 부유물들이 쌓여 있는지 온갖 것들이 둥둥 떠내려 왔다. 합성수지로 된 크고 작은 병들, 스티로폼 조각들, 나무토막과 운동화 짝, 비닐 제품과 플라스틱 용기들, 거기다 황톳물에 휩쓸려 내려오는 각종 쓰레기 더미들……. 물 구경하던 사람들이 끌끌 혀를 찼다. 그러면서 피우고 있던 담배꽁초를 신천 위로 던졌다. 우산을 쓴 채, 빠르게 흐르는 물살을 말없이 보고 있던 김선희가 말했다.

"물이 성난 것 같아요."

성난 물은 뿌리는 빗속에서 더욱 거세지고 모든 것을 흘려보낼 듯 도도했다. 여기저기 가로등이 켜지면서 날이 어두워지고 물 구경 나온 사람들도 하나 둘 다리를 떠나 집으로 돌아갔다. 그녀와 나는 좀 더 걷기로 하고 둑을 따라 조성된 산책로를 들어섰다. 촘촘히 심어진 나무들 사이로 난 산책로는 한참 동안 주위의 시선을 의식하지 않고 걸을 수 있어 좋은 데이트 코스였다. 더구나 어둠이 짙어오는 저녁이었고 비까지 뿌리고 있어 은밀함을 더하였다. 우리는 언제부턴가 하나의 우산 아래 들어가 자연스레 팔짱을 끼었다. 산책로는 두 사람이 몸을 붙이지 않고 나란히 걷기에는 너무 좁았고 머리 위로 드리워진 나뭇가지에서는 쉴 새 없이 물방울들이 뚝, 뚝, 떨어졌다. 젖지 않자면 꼭 껴안고 가는 수밖에 없었다. 그러다가 우산 아래에서 서로 마주보게 되었고 키스하게 되었다. 그때 내가 느낀 것은 늘 차갑기만 하던 김선희의 따뜻함이었다.

그 즈음 나는 만나는 여자가 있었다. 내가 거래하는 은행의 행원이었다. 이희원이라는, 웃는 모습에서 정감이 느껴지는 여자였다. 항상 자존심 세고 냉정함을 잃지 않는 김선희와는 다른 세계를 가진 여자였다. 김선희가 차가운 청색이라면 이희원은 따뜻한 분홍색의 여자였다. 김선희와는 오래 한 직장에서 근무했지만 동료 이상의 감정은 일지가 않았다. 그에 비해 이희원은 사귄 지는 얼마 안 됐지만 처음부터 마음을 끄는 데가 있었다.

다음 날, 우리는 평소처럼 사무실에 출근하였다. 그녀도 아무렇지도 않았고 나도 그랬다. 태풍은 동해로 완전히 빠져나가 하늘은 거짓말같이 맑게 개였다. 태양은 하늘에서 뜨겁게 이글거렸으나 태풍 뒤끝이라 그런지 날씨는 선선했다. 퇴근시간, 책상 위를 정리하고 문을 나서는데 김선희가 따라 나서며 말했다.

"박 선생님, 우리 물 구경하고 가요."

내가 다소 놀란 얼굴로 돌아보자, 그녀는 아무런 내색 없이 앞서 걸어가며 덧붙였다.

"강물이 제법 푸르러졌어요."

116

그녀 몸의 따뜻함과 촉촉한 입술의 느낌이 되살아났다. 목안 깊숙이 마른침이 고였다. 김선희는 둑길로 가지 않았다. 그냥 다리 위로 갔고 중간쯤에서 걸음을 멈추고 신천을 향해 섰다.

"보세요. 살아있는 물 같지요!"

정말 강물은 푸르게 살아 있었다. 하상을 가득 채우며 출렁출렁 흐르는 신천은 등줄기에 퍼런 힘줄이 돋아난 것처럼 보였다. 흐르고 흘러 마침내 때 묻은 몸을 벗어놓고 자신을 이룬 것일까? 양은 줄었으나 그 푸름에는 가늠할 수 없는 깊이와 힘이 느껴졌다.

"갈기를 세우고 내닫는 말 같지요. 사람도 저렇게 살아야 하지 않을까요?"

사람도 저렇게 살아야 한다, 는 그녀의 말이 공명을 일으키며 귀를 때리는데 그녀가 다시 말했다.

"언제까지 남의 글이나 써주고 있을 거예요?"

비로소 나는 그녀의 의도를 알았다. 내가 사보에 실을 남의 글이나 다듬고 임원들의 연설문이나 대필하는 데 대한 힐책이었다.

"왜, 신춘문예 당선작 한 편뿐이지요? 왜 더 이상 쓰지 않나요?"

"안 쓰는 것이 아니라…… 못 쓰고 있는 셈이지요."

머뭇거리는 나의 대답에 그녀가 다시 쏘아붙였다.

"이제 그쯤하고 자기 글을 쓰세요."

내가 아무 말이 없자, 김선희는 돌아서서 또박또박 걸어갔다.

그것은 내 가슴에 찍는 마침표 같은 느낌으로 다가왔다. 멀어지는 그녀의 구두 발자국 소리를 들으며 나는 다리 위에서 오래 생각했다. 남의 글 대신 자기 글을 써보라는 것은 직장을 그만두고 직업 작가로 나서라는 말과 같았다. 그러나 나는 그렇게 할 수 없었다. 비전 없는 직장에서, 진부하기 마련인 남의 글이나 고치며 앉아 있는 것이 한심하기는 했다. 그러나 그나마 주위에서 인정받고 있는 일인 데다가, 넉넉지는 않지만 생활하기에는 충분한 봉급도 받았다. 무엇보다 매일매일 출근할 수 있는 사무실이 있다는 것은 중요했다. 그리고 당장 일을 그만둔다면 실업자밖에 더 되겠는가? 나는 그녀가 바라는 그 무엇도 할 수 없었다. 내게서 아무런 조짐이 없자, 김선희는 더 이상 말이 없다가 그해, 그러니까 작년 가을, 5년간 다니던 직장에 사표를 내고 국립대학 전임강사에게 시집갔다. 그때 등을 돌리며 똑, 똑, 찍고 간 그녀의 구두 발자국 소리만 남아 후렴처럼 한동안 나를 따라다녔다.

희한하게도 그 즈음 이희원도 내게서 멀어져 갔다. 김선희가 곁에 있을 때는 내겐 선택의 여지가 있는 듯했다. 두 여자 모두 사정거리 안에서 내 프러포즈를 기다린다고 생각했으니까. 그러나 선택의 여지가 문제를 만들었다. 둘 중 하나를 선택할 수 있다는 것은 항상 사달의 여지를 아울러 가지는 것이다. 두 여자를 두고 어정거리고 있을 때 여자들은 나를 떠났다.

이희원이 나를 떠난 이유는 모호했다. 김선희가 시집가고 난 뒤, 뒤돌아보니 이희원도 곁에 없었다. 짐작할 수 있는 것은 그녀가 내게 대한, 다시 말해 작가에 대해 갖고 있던 환상에서 깨어나지 않았을까 하는 점이다. 김선희가 내게 작가로서 가능성을 염두에 두었다면 이희원은 작가라는 내 허울에 관심을 가졌다. 따라서 김선희가 내게 치열한 글쓰기를 요구했다면 이희원은 달리 무슨 요구가 없었다. 바라는 것이 있었다면, 인기작가로서 베스트셀러를 써서 대중의 주목과 함께 많은 돈을 버는 게 되겠다. TV나 신문에 나오고, 나아가 작가의 작품보다는 그의 주변에 흥미를 가지고 가족과 취향 등 신변잡기를 취재해 싣는 잡지에 그녀 자신이 등장하는 것을 기대했는지도 모른다. 지극히 현실적이면서도 감상적인 여자, 이희원은 그런 여자였다.

그녀는 작가의 길이 사막을 걷는 고행과 같다는 것과 작품을 쓰는 일이 피를 말리는 작업이라는 것은 생각할 수 없었을 것이다. 문학을 그저 인생의 여기쯤 알고, 삶에 필요한 하나의 사치나 그럴 듯한 장식품으로 여겼을 것이다. 한동안 내게 경도되었던 그녀는 꿈에서 깨어나 현실로 돌아갔다. 본점에 근무하는 대리의 청혼을 받아들인 것이다. 따라서 김선희가 내게 대해 일말의 아쉬움을 가지고 떠났다면, 이희원은 아쉬움이 아니라 오히려 안도하면서 떠났을 것이다.

아무런 대비도 없이 한꺼번에 두 여자를 잃은 나로서는 견디기 힘든 계절이었다. 그녀들이 그리웠다. 야속도 했다. 곁에 있다 싶을 때는 전혀 느끼지 못했던 감정들이 나를 지배했다. 이희원이 다른 남자의 구애를 받아들였다며, 나와의 만남을 거절했을 때 표면적으로 달라진 것은 아무것도 없었다. 다만 내가 그 은행과의 거래를 끊고 근처 다른 은행으로 옮긴 것뿐이다. 은행에 갈 때마다 그녀의 훤한 얼굴을 보아야 한다는 것은 고문에 가까웠으니까.

김선희는 결혼하고 난 뒤, 몸담았던 전 직장에 한 번도 나타나지 않았다. 다행이라면 다행이었다. 하지만 이제는 손닿지 않는 곳으로 떠나버린 그녀의 빈자리가 너무 크게 느껴졌다. 무력감과 적막감 속에 하루하루가 지나갔다. 나는 자신의 삶과 앞날에 대한 심각한 회의와 번민에 빠져들었다. 어쩌면 그녀 말이 옳을지도 몰랐다. 언제까지 이러고 있을 것인지! 비전 없는 삶을 애써 모른 체 외면하는 것은 자기 생의 방기가 아닌지? 김선희가 결혼이라는 선택으로 인생의 전환점을 만들 듯, 나도 무언가 전환점을 만들어야 할 것 같았다. 그렇다면 그것은 무엇일까? 아마도 혁명적인 그 무엇이리라.

지리멸렬한 상태로 가을이 가고 겨울이 왔다. 나는 오랫동안 김선희의 따뜻한 몸과 입술을 생각했다. 문정희가 신입사원으로 들어와 앞에 앉아 있었지만 햇병아리 티를 못 벗은 그녀에겐 관심이 없었다. 춥고 쓸쓸한 마음은 오로지 떠나버린 여자들에게로만 향했고 얼마간의 후회와 번민으로 들끓었다.

　건너편 둑 위로 한 청년이 나타났다. 그는 푸른색 잠바에 검은 바지를 입었다. 청년은 둑 위에 서서 잠시 신천을 내려다보다가 썩 내키지 않는 걸음으로 둑을 내려왔다. 잔디밭 가운데 듬성듬성 놓인 벤치로 간 청년은 다리를 꼬고 비스듬히 기대앉았다. 이제 그와 나는 비슷한 각도로 서로 건너다본다. 이 시간에 혼자 신천에까지 강림한 것을 보면, 재림한 예수가 아니라면 버려진 못 임이 틀림없다. 그가 담배를 피운다. 머리 위로 오르는 하얀 연기가 그걸 증명했다. 나는 계속 그에게 눈을 주고, 청년은 그렇게 변함없는 자세로 공허한 연기만 뿜어냈다. 연기는 그의 머리 위에서 후광처럼 피어났다가 사라졌다.

　신천 바닥에는 깊지 않은 물이 잔잔히 흐르고 있었다. 가까이 가서 들여다보면 더러운 하수와 폐수들이 주류이겠지만 그래도 제법 햇살에 반짝거렸다. 갑자기 주변이 소란스러웠다. 대여섯 살쯤 됨직한 아이들이 자전거를 타고 달려왔다. 꼬마들은 잔디밭 사이로 난 콘크리트 포장길을 앞서거니 뒤서거니 달렸다. 사내애들도 있고 계집애들도 있다. 그들은 벤치에 앉아 있는 사람은 관심도 없는 듯 쳐다보지도 않았다. 모두 다리 있는 쪽으로 달려갔다. 이어 할아버지 한 분이 아이들이 간 길을 발을 끌며 지나갔다. 중풍을 앓은 노인의 걸음걸이는 조금 전 아이들이 굴리고 간 바퀴와는 대조적이다. 지팡이도 없이 허리를 꼿꼿이 한 채 마치 물위를 미끄러지듯 천천히 이동했다.

좀 있으려니 고무줄을 든 계집아이들이 나타났다. 학교 들어갈 나이는 아직 안 되었나 보다. 소녀들은 가까운 잔디밭에서 고무줄놀이를 했다. 고무줄 위에서 아이들이 팔랑팔랑 뛰었다. 두 아이가 고무줄의 이쪽과 저쪽을 붙잡고 나머지 아이는 고무줄 위에 올라가 뛰었다. 한 번씩, 몸을 뒤채며 흐르는 신천은 상한 뱃가죽을 드러내며 악취를 풍기건만 아이들은 아랑곳없다. 오로지 고무줄 위에서 놀고 햇살 위에서 놀았다. 한 아이가 검은 줄에 걸려 죽으면 다른 아이가 와서 뛰었다. 죽은 아이는 검은 죽음의 줄 끝을 잡고 다른 아이들이 걸려 죽기를 기다렸다.

해는 차츰 중천으로 떠오르고 건너편 청년은 똑같은 자세로 앉아 있었다. 잔디밭 위를 걸을 생각으로 일어서니, 짧아진 그림자가 따라오며 잔디밭 위를 낮게 포복했다. 잔디는 하늘을 향해서서 생의 의지를 푸르게 펼쳤다. 상류 쪽으로 올라가니 신천을 가로질러 놓은 보가 나왔다. 보 근처 둔치에는 군데군데 철근들이 강인한 힘줄을 드러내고 있었다. 보를 앉히고 수로를 만들 때

땅 속에 묻은 것들이다. 철근들은 똘똘 뭉친 근육질의 등을 드러낸 채 햇볕 속에서 자글자글 끓었다. 여기저기 복병처럼 숨어 있는 저놈들의 목을 나무젓가락 꺾듯이 꺾어 놓을 수는 없을까? 철근의 휜 등도 밟아 보고 대들 듯이 쳐들고 있는 대가리도 힘주어 밟아보았다. 그러나 철근의 힘은 완강했다. 잠시 눌려지는가 싶더니 금방 도로 튕겨 올라왔다. 묻혀 있는 철근들 사이사이 노랗게 핀 씀바귀 꽃들이 생뚱스럽도록 아름다웠다. 샛노란 꽃들을 보자 갑자기 배가 고팠다. 노란 해도 하늘 한가운데로 기어 올라와 있었다. 이 시간이라면 직원들과 식사하러 나갈 때였다. 그러나 이제 혼자 식사해야 했다. 앞으로 언제까지 그럴는지 알 수 없었고 때맞춰 식사를 할 수 있을는지도 알 수 없었다. 둑 너머에 있는 방천시장으로 갔다. 순대국밥집을 찾아 국밥 한 그릇을 시키고 앉으니 지금은 나도 다리 위 세상에 속한 사람 같았다.

김선희 후임인 문정희는 앳된 데다가 마른 몸매가 인상적인 여자였다. 쇠 젓가락 같이 마른, 그러나 1자처럼 쪽 곧은 몸을 가지고 있어 그 끝에 조그마한 얼굴을 올려놓은 형국이었다. 목소리도 새된 목소리로 똑 똑 부러지게 말했다. 그녀는 대학을 마치고 처음 입사할 때의 나처럼 회사생활에서 무언가 의미 있는 것을 얻고 성취할 수 있다고 믿었다. 한동안 냉담하게 대했던 내가 그녀에게 마음을 열자, 우리는 금세 친해졌다. 학교는 달랐지만 그녀 역시 국문학을 전공한 데다가 7년 이상의 나이 차가 서로를 편하게 해주었다. 그래서 오랫동안 서로 엄격하게 대해 왔던 김선희와는 달리 우리는 곧잘 농담도 주고받았다. 내가 미스 문! 하고 불러놓고는, 어떤 문인데? 하거나 어디로 들어가는 문인데? 하는 식이었다. 또 그녀의 인상이 어두울 때는 미스 문(MOON), 언제 보름달이 되지? 하거나, 거꾸로 인상이 밝을 때는 오늘은 달이 참 밝아! 했다. 그녀는 문학소녀로서 제법 감각적인 시를 써서 보여 주기도 했는데 그것을 읽고 내가 말했다. 문양은 마음의 문양(紋樣)이 참 다양해!

한 번은 내가 창문을 두드리는 바람의 수를 묻자, 창밖에 흔들리는 나뭇가지 수의 합이라고 말했다. 때아닌 겨울비에 불어난 신천을 보고 내가 물었다. 문정희씨, 저 강물의 양은 얼마지? 그러자, 그녀가 곧바로 대답했다. 땅에 떨어진 빗방울의 양을 계산해 보세요. 그런 그녀가 입사하고 여섯 달이 채 못 되어 회사가 인수 합병된다는 소문이 들려왔다. 주택경기와 건설경기의 침체로 회사가 어렵다는 얘기는 그 전부터 있었다. 으레 있는 얘기려니 했는데 그게 아니었다. 결국 회사는 해를 못 넘기고 서울의 재력 있는 건설업체에 넘어갔다. 이어 구조 조정에 따른 인사 회오리가 몰아쳤다. 홍보실은 차장 한 사람과 신입인 문정희가 감원 대상에 올랐다. 문정희는 아직 수습사원 신분이어서 자르는 데 전혀 문제가 없었다. 손쉬운 대상이었던 것이다. 나는 홍보실장으로 내정된 서울서 내려온 팀장을 설득하였다. 문정희를 구제하는 대신 대리 2년차인 내가 사직하기로 하고 7년간 다니던 직장에 사표를 냈다. 스스로 검은 고무줄에 걸려 죽은 것이다.

이런 결정을 한 데는 김선희가 내게 한 질책과 충고, 그리고 그녀의 결혼이 직간접적으로 작용했다. 지지부진한 내 삶에 혁명이 필요했던 것이다. 송별연이 있던 날 밤, 나의 배려를 안 문정희가 하숙집까지 따라왔다. 나는 그녀 때문이 아니라, 나 자신에 대한 연민으로 직장을 그만둔 것이라고 설득해 그녀를 돌려보냈다. 그녀는 돌아가지 않았다. 내가 다시 그녀를 돌아가라며 배웅해주겠다고 하자, 그녀는 화를 냈다. 나중에는 울기 시작하였다. 나는 당황했다. 충분히 이기적이어야 할 상황에 이기적이지 않는 어린 여자의 고집에 나는 할 말을 잃었다. 그녀가 말했다.

"저는 하나의 통과의례랄까, 제의(祭儀)라고 생각해요. 그건 말이죠, 인당수에 몸을 던지는 심청의 심정과 같은 거겠죠? 그래야 저도 이 사회의 일원이 되는 거예요. 세상에 내딛은 첫발부터 허방에 빠질 것을 선배님이 구해주셨으니, 이왕이면 저의 사제가 되어 오늘밤 그 의식을 치러주세요. 조금이라도 제 마음이 열리는 사람이 제사장이 되는 게 저에게도 좋지 않겠어요?"

"나는 아무것도 책임질 수가 없어. 그래도 좋아?"

"고리타분하기는 참. 누가 누굴 책임진다는 거예요? 작가라면서 그런 소리를 해요? 그 누구도 다른 사람의 인생을 책임질 수는 없어요. 다 제 몫이지."

그래도 내가 망설이자, 문정희가 다시 말했다.

"선배님은 제가 기성사회로 발을 내딛는데 통과해야 할 문일 뿐이에요. 선배님을 통해 나는 세상으로 나가는 것이지요. 문은 지나가고 나면 곧 잊고 말아요. 문 안 세상이 중요한 것이지 문 자체가 중요하지는 않잖아요. 선배님은 제가 통과하기 좋은 문이에요. 허리를 굽히고 기어 들어가지 않아도 되니까요. 그러니 거절하지 말아주세요!"

어린, 그러나 절대로 어리지 않은 문정희의 말과 태도에서 벌써 한참 앞서 나가고 있는 신세대의 의식을 읽고 나는 자신을 되돌아보며 스스로 작게 움츠리고 오므라드는 것을 느꼈다. 그날 밤, 우리는 함께 밤을 보냈다. 그러나 문정희 역시 내게 고통스런 기억을 남기고 떠났다. 그녀가 잠자리 위에서 이를 악물며 만든 혈흔이었다. 요에 얼룩진 붉은 핏자국은 내게 신선한 충격과 함께 감동으로 파동쳐 왔지만 그것 역시 고통이었다. 이를 악무는 결단과 아픔이 수반되는 통과제의가 내게도 필요할 것 같았다.

그날 밤 이후, 김선희가 그런 것처럼 나 역시 한 번도 회사를 찾지 않았다. 제대로 정신의 문제와 맞부딪치고 씨름하여 돌파구나 전기를 마련하지 못한 때문이었다. 집을 옮겼다. 원룸 하나를 전세 얻어, 바깥세상과 분리된 채 꼼짝도 않고 틀어박혀 음지식물처럼 살았다. 긴 겨울이 지나가고 봄이 왔다. 봄이 와도 봄이 아닌 가운데 나는 신천을 찾았다. 그 어떤 전망도 보이지 않는 막장 같은 암울함 속에서 어느 봄날, 신천으로 하강한 것이다.

뜨거운 국밥 한 그릇을 비우고 소주 한 병과 비스킷 한 봉지를 사서 돌아왔다. 건너편의 청년은 그대로 앉아 있었다. 다리 아래에서는 여전히 연기가 피어올랐고 사람들의 움직임이 보였다. 아까 앉았던 자리로 돌아와 소주와 비스킷을 끄집어냈다. 비스킷은 봉지를 찢어 벤치 위에 펼쳐놓고 소주는 한 모금씩 병째로 마셨다. 삽살개 한 마리가 코를 킁킁거리며 다가와 주위를 맴돌았다. 건너편 청년이 신경 쓰였다. 그는 아무것도 안 먹었을 것이다. 요기를 하러 가든지 좀 움직이기라도 했으면 좋으련만 꼼짝도 하지 않았다. 점심시간을 이용하여 근처 두부공장의 일꾼들이 배구

공을 들고 둑을 넘어왔다. 그들은 둥글게 원을 만들어 공받기를 했다. 하얀 공이 통통 공중으로 튀어 오르고 그들은 한껏 웃고 떠들며 뛰어다녔다. 조금 떨어져 있긴 했지만 나는 그들 속에 포함되지 않았다. 동그라미 바깥에 있는 것이다. 잠시 후, 그들은 왁자지껄함과 함께 둑 너머로 사라졌다. 그들이 비운 자리가 갑자기 조용해지며 사방 전체가 텅 빈 느낌을 주었다.

다리 위 세상은 여전히 바쁘게 움직였다. 쌩쌩 달리는 자동차의 질주 음들이 다리 아래로 철썩철썩 떨어졌다. 다리 아래 세상만 물처럼 고요하고 느릿느릿했다. 다리 위는 실제이고 다리 밑은 가상의 세계인가. 모든 움직임이 슬로모션처럼 비쳤다. 그때 잠시 잊었던 건너편의 청년이 일어섰다. 천천히 잔디밭 위를 가로질러 둔치 가장자리까지 와 쪼그리고 앉았다. 신천이 바로 발밑에서 흐르고 있었다. 완만한 하상인 데다가 폐수와 오수가 섞인 신천은 천천히 흘렀다. 청년은 더러운 신천을 물끄러미 들여다보며 다시 꼼짝도 않았다. 그는 물에다 자신의 얼굴을 비춰보고 있는 듯, 한참 동안 냇바닥으로 목을 빼고 기우는 듯이 앉아 있었다. 신천의 폐수가 허파라도 자극한 것일까. 어깨를 들썩이며 기침을 했다. 발작이라도 하듯 기침을 해대던 그가 속에서 올라온 것들을 신천의 더러운 물 위로 뱉었다. 그가 떨치듯 일어서서 뒤돌아 걷기 시작했다. 둔치의 풀밭을 지나 둑 위로 오르려는 듯했다. 저만치 한참 아래 나 있는 계단을 이용하지 않고 막바로 둑을 넘어가려고 했다. 둑은 경사를 이루고 있어 둑을 넘으려는 그의 노력은 상당히 힘들어 보였다. 위로 오르려는 그의 동작은 마치 넘어지지 않으려고 허우적거리는 것 같았다. 다리 위 세상으로 오르는 것이 얼마나 힘 드는지를 상징적으로 보여주는 것일까?

한 무리의 사내아이들이 왁자지껄 나타났다. 녀석들은 고기잡이 그물을 들고 물가를 기웃거렸다. 그들의 세상은 그 속에 있나 보았다. 다리 가까이에는 조금 전부터 남녀 노인들이 섞여 게이트볼을 하고 있었다. 그쪽에선 노인들 특유의 웃음소리가 들려왔다. 시간이 흐르면서 이번에는 학생들이 가방을 맨 채 양쪽 둔치에 나타났다. 그들은 두셋씩 띄엄띄엄 등장하는데 남학생들도 있고 여학생들도 있다. 모두 태평스럽게 어슬렁거렸다. 그물을 들고 다니는 아이들이 풀밭을 가로질러 내 앞을 지나갔다. 녀석들의 하얀 페트병에는 고기 대신 물방개, 소금쟁이, 게아재비 같은 물벌레 몇 마리가 들었다. 허술히 입은 옷 속으로 한기를 느끼는지 입술이 파랗다. 녀석들은 빨간 철쭉이 모닥불처럼 피어 있는 데로 가 꽃불이라도 쬐듯 손을 벌리고 늘어섰다.

하늘이 어두워지더니 갑자기 소나기가 쏟아졌다. 아침에 일기예보를 듣고 혹시나 싶어 준비해온 우산이 있어 우산을 폈다. 소나기는 순식간에 신천의 모든 풍경들을 지웠다. 지나가던 사람도 없고 고무줄놀이 하던 소녀들도, 고기잡이 아이들도 안 보였다. 게이트볼을 하던 노인들도, 어슬렁거리던 학생들도 사라지고 없었다. 오로지 허옇게 쏟아지는 소나기와 신천 바닥에 일어나는 포말들뿐이었다. 차츰 앉아 있던 벤치가 젖어왔다. 우산 속에 몸을 웅크린 채 쪼그리고 있기가 옹색했다. 둔치 가운데로 난 시멘트 길 위로 올라섰다. 길 양쪽의 풀밭이 젖어 번들거렸다. 조금 전에 아이들이 둘러 서 있던 곳으로 가보니 철쭉들은 빗속에서도 꺼지지 않고 화톳불을 피워놓은 듯 그 언저리가 환했다. 우산에 의지해 나는 비 때문에 지워진 다리 쪽으로 내려갔다. 길 옆 쓰레기통에는 쓰레기들이 얼금얼금한 철망 속에서 비 맞고 있었다. 비 오는 날, 쓰레기통의 쓰레기만큼 속수무책인 것은 없었다. 또 다른 쓰레기통에는 살 부러진 우산 하나가 펴진 채 꽂혀 있었다. 누가 지나가며 던져놓은 것인지, 일부러 씌워주고 간 것인지 알 수 없어도 우산 쓴 쓰레기들은 행복해 보였다. 더 이상 비에 젖지 않으니. 어쩌면 나 자신도 비 피할 우산이 있어 행복해 하는 쓰레기 처지라는 생각이 들어 쓴웃음이 나왔다.

다리가 가까워졌다. 빗줄기가 약해지면서 그 아래가 물속 풍경처럼 떠올랐다. 사람들이 보였다. 서 있는 사람, 앉아 있는 사람, 난전처럼 붐볐다. 굵은 교각 한쪽에는 드럼통 안에 불길이 보이고 허드레나무들이 연기를 내며 탔다. 비 냄새와 함께 번지는 연기 냄새 속에 텁텁한 사람들의 냄새가 배었다. 갑자기 하늘 한쪽이 툭 터졌다. 비가 그치며 다리 밑 세상이 한눈에 들어왔다. 희한하게도 다리 아래 세상은 하나도 젖지 않았다. 거기 모여 있는 사람들은 비가 오는지 가는지 도무지 모르는 듯했다. 여기저기 평상이 놓였고 얼른 보아 나이를 짐작할 수 없는 사람들이 앉아 있었다. 그들은 대개 화투를 치거나 장기나 바둑을 두었다. 평상을 못 차지한 축에서는 맨바닥에 자리를 깔고 앉았거나 누워 있기도 했다. 또 한쪽에선 술판이 벌어져 막걸리병과 소주병이 여기저기 나뒹굴었다. 오전부터 연기가 나던 곳은 국수를 삶아 파는 노전으로 솥에서는 아직도 부글부글 국숫물이 끓었다. 조금 떨어진 자리에 챙 큰 모자를 쓴 아주머니가 커피 통을 놓고 앉았고 좌판에는 담배도 몇 갑 보였다.

내가 그 낯설고도 새로운 세상을 접하고 어리둥절하고 있을 때 가까운 평상 위에 앉았던 어떤 이가 자기 곁으로 오라고 손짓을 했다. 반백의 노인네였다. 멈칫, 멈칫, 다가가자 두고 있던 바둑판을 치우고 막걸리 한 통과 깍두기 안주를 내놓으며 말했다.

"내 아까부터 젊은이를 보고 있었는데 여기 와서 앉게나."

나는 조심스런 태도로 노인이 가리키는 자리에 엉덩이를 내려놓았다.

"설마 죽을 생각으로 여기 온 건 아니겠지?"

"네?"

"여기 있으면, 죽을 생각을 하는 사람들이 더러 내려오거든."

"……."

노인이 술잔에다 막걸리를 따라 내게 권하곤 자신도 한 잔을 쭉 들이켰다.

"내 경우가 그랬지. 나도 퇴직 전에는 중학 교장이었네. 재산도 있고 명예도 있고 자식도 있었으니 남부러울 게 없었지. 어느 날 문득 퇴직을 하게 되었네. 아직도 10년은 더 일할 것 같은데 말일세. 퇴직을 하게 되니 목돈이 생기더란 말이지. 그런데 그 목돈을 필요로 하는 사람들이 많았어. 우선 자식들이 그래. 어쩌겠나, 연금을 조금 남기고 자식들에게 나눠줬어. 뿐만 아니야. 좋은 사업이 있다면서 여기저기서 동업하자거나, 새로운 유망 아이템이 개발되었다며 투자해보라는 사람이 왜 그리 많던지! 마치 내가 퇴직하기를 기다리기라도 한 것처럼 달려들더란 말일세. 큰돈을 벌 수 있다는 말을 믿은 건 아니네. 그러나 집구석에 처박혀 안 놀아도 된다는 데에 마음이 혹했어. 생각해보게나. 지금껏 직장생활 잘하다가 갑자기 뒷방 늙은이로 물러나 경로당에나 들락거릴 일이 얼마나 서글펐겠나? 딴에는 열심히 살아왔고 의욕도 넘치는데 도태되는 느낌이더란 말일세. 그래서 노후에 쓰려고 저축

해둔 돈을 몽땅 털어, 믿을 만하다고 생각되는 사업에 투자하고 그 회사에 직책도 하나 얻었지. 그런데 그게 아니더란 말일세. 회사는 망하고 투자된 돈은 물론 담보로 잡힌 집마저 허공중에 날아가 버렸지. 회사라는 게 그렇데. 망하려니까 하루아침에 문을 닫아버리더군."

노인의 처지에 동정을 보이며 내가 말했다.

"상심이 크셨겠습니다."

"몇 날 며칠을 두고 생각하고 몇 달을 두고 생각해 봐도 산다는 것에 회의가 오고, 산다는 일에 믿음이 안 가는 거야. 세상 살고 싶은 마음이 없어졌어. 게다가 가진 게 없다 보니 친구들도 멀어지고 친척들도 눈치가 보여. 가족 보기에 면목도 없고. 그래서 죽으려고 생각했어. 죽을 자리를 찾아 이곳저곳을 기웃거렸지. 그러다가 어느 날 여기까지 오게 되었어. 여기서 새 세상을 발견한 거지. 다리 위 세상과는 따로 존재하는 낮은 세상 말일세. 그렇게 편할 수가 없었다네. 낮은 세상의 주민으로 무난히 편입되었지. 그것도 결코 쉬운 일이 아닌데, 갈 데까지 다 간 처지니까 큰 어려움 없이 되더군."

"네, 그러셨군요."

"그래, 저 위에서는 무얼 했던가?"

"직장에 다녔습니다."

"그런데?"

"글을 쓰려고 그만두고 지금은 놀고 있습니다."

"글을 쓴다? 소설 말인가?"

"네."

"그럼, 소설가네. 그래, 뭘 좀 썼는가?"

"아직 시작도 못 하고 있습니다. 도무지 뭘 써야 할지 감조차 안 잡힙니다."

"아, 그렇다면 잘 내려왔네. 여기야말로 진실한 얘기를 쓸 수 있는 곳이야. 저 위의 세상은 언제 무너질지 모르는 사상누각일세. 바람 한 줄기에도 쓰러지고 소나기 한두 시간에도 떠내려가며 총 한방에도 구멍이 뚫리는 세상일세. 거기서 무얼 건지겠는가. 써봤자, 전부 공허한 얘기밖에 더 되겠는가?"

"……"

"여기는 다리 위 세상과는 다른, 낮은 세상일세. 다리 위 세상에 소속되어 바쁘게 사는 사람들은 여기 내려올 여유가 없네. 그들은 일상에 쫓기는 사람들이지. 그러다가 어느 날 삐걱하는 순간, 다리 아래 낮은 세상의 주민으로 편입이 되지. 갑자기 멀쩡하던 사람이 중병선고를 받는다든지, 잘 다니던 직장에서 쫓겨나 실업자로 전락한다든지, 어느 날 퇴근길에 당한 뺑소니 사고로 보상금 한 푼 못 받고 불구가 된다든지, 사업에 실패하여 부인에

134

게 이혼당하고 가족에게도 버림받아 지하철이나 공원을 전전하며 노숙하는 신세가 된다든지, 헤아릴 수 없이 많은 사람들의 헤아릴 수 없는 얘기들이 이곳엔 있다네. 그걸 써보게. 그 속에는 적어도 진실이 들어 있다네. 젊은이가 쓸 만한 얘깃거리가 많을 걸세. 저 위의 세상은 사실 허깨비일는지 몰라. 젊은이도 여기 주민이 되어 살아보면 알겠지만."

"네. 그렇겠군요."

노인의 말에 수긍하며 아까부터 궁금한 것을 물었다.

"오랜 세월 몸담고 살아온 세상, 다리 위 세상과 연을 끊고 사시는 것이 쉽지는 않을 텐데요? 아쉬움이나 미련 같은 것은 남아 있지 않으십니까?"

"아닐세. 단절된 채 사는 게 그렇게 편할 수가 없다네. 나를 버린 세상을 나도 버린 셈이니 미련 같은 것은 전혀 없지. 내가 아직 그쪽 세상에 살고 있다면 정말 외롭고 슬프고 고단했을 거네."

"선생님의 낮은 세상이란 저 위 세상과 무엇이 다른 세상입니까?"

"요즘 느림의 미학에 관해서 말들을 해쌓데. 바로 그거지. 여기야말로 느림의 철학이 지배하는 세상일세. 아무도 바빠하거나 서두르지 않으니까. 비유를 하자면 저 위가 무엇인가 하기 위해 애쓰는 공자의 세상이라면 여기는 아무것도 안 하는 것이 하는 것인 노자의 세상이라고나 할까?"

"알아듣겠습니다."

"지구는 자전과 공전을 하네. 태양을 중심으로 돌지 않으면 우주에 떠 있을 수가 없지. 내 생각에는, 저 위 세상도 자전과 공전을 하는 지구를 닮았네. 그럼 저 위 세상을 팽팽 돌게 하는 중심별은 무엇인가? 그건 바로 돈 아니겠어? 그것만큼 강력한 인력을 가진 게 따로 없으니까. 그에 비해 이곳 낮은 세상은 자전도 공전도 하지 않는 세상이네. 말하자면 항성과 같은 세상이지."

"그런 세상은 다리 아래에만 있는 게 아니지 않습니까?"

"물론 그렇지. 낮은 세상이란 게 단순한 공간 개념이 아니니까 말이야. 이 세상 어디든 존재할 수 있지. 낮은 세상은 삶의 자세와 관계되는 심리적 정서적 공간 아니겠나. 어쨌든 느림의 철학이 꽃피는 이곳은 저 위 세상과는 분명히 다른 세상일세. 그저 난 대로 생긴 대로 살 수 있는 곳이지. 추락할 위험도 없고 가식과 위선도 없는 진실한 세상일세."

그때 건너편 둔치 위를 굉음과 함께 맹렬하게 내닫는 오토바이가 눈에 들어왔다. 무서운 소리를 내는 오토바이는 사람들의 눈이 미처 따라잡기도 전에 이쪽 끝에서 저쪽 끝까지 내달았다. 마치 공간 밖으로 빠져나가려는 것 같았다. 그러나 저쪽 끝에 막혀 다시 이쪽 끝까지 쏘면서 내닫는데, 반복하여 돌아가고 돌아오는 것을 보면 공간 밖이나 세상 밖으로가 아니라 오로지, 그렇다, 시간 밖으로 내달으려는 것 같았다. 내닫는 오토바이의 요란한 폭발음은 질주하는 청년이 내지르는 통곡처럼 들렸다.

노인이 그걸 보고 조용히 중얼거렸다.

"다리 위의 세상이란 바로 저런 것일세."

"선생님, 저도 저 청년처럼 어느 세상에도 제대로 소속되지 못한 채 이쪽저쪽을 기웃거리다 말 것 같은 예감이 듭니다. 선생님이 말씀하시는 이곳 낮은 세상에도, 제가 떠난 다리 위 세상에도 제가 설 자리는 없을 것 같습니다. 말하자면 경계에 어정쩡하게 서 있을 수밖에 없을 것 같습니다."

"경계인이라고 절망할 필요는 없네. 오히려 장점일 수도 있지. 아니, 모름지기 작가가 되려면 경계인으로 서야 마땅하지. 그래야 이쪽저쪽 넘나들며 삶에 보다 깊이 있는 통찰을 하지 않겠는가. 그래, 거기서 시작하게나. 그렇다하더라도 양쪽 세상에 한 발짝씩은 들여놓아야 할 거야. 그렇지 않으면 피상적인 관찰로 끝나지 않을까? 보다 적극적인 자세가 필요하겠지. 그게 프로의식이든 뭐든 말일세."

나는 노인의 말에 수긍했다. 그러나 쉬이 그렇게 될 수 있으리라고는 생각되지 않았다. 쌩, 쌩, 달리는 다리 위 세상으로 올라갈 수도 없고, 그렇다고 노숙자로서의 삶을 감당할 수 있을 정도로 망가지지도 못한 채, 엉거주춤하게 서 있는 자신의 모습이 그려졌다. 나는 스스로 양날의 칼 위에 서 있다고 생각되었다. 문정희가 말하던 통과의례! 그건 그녀가 아니라, 낮은 세상에 입문하려는 내게도 필요한 제의(祭儀)일 것 같았다.

"옳은 말씀인데, 과연 그게 제대로 될지 아직은 모르겠습니다."

한바탕 소나기가 지나가고 난 뒤의 신천은 산뜻했다. 둔치의 잔디는 더욱 파릇하고 멀리 서 있는 나무들의 모습도 선명했다. 공기는 상큼하고 부드러워 저녁답의 분위기를 만들어 주었다. 상류에서 하류 쪽으로 부는 바람은 신천의 얕은 물 위에 물살을 이루며 미끄러지고 물살의 끝에는 신천을 가로지르는 철교가 걸려 있었다. 그 위로 기차가 느릿느릿 지나가고 소나기가 물러간 하늘에는 잠시 무지개가 떴다가 사라졌다. 이제 신천은 활기가 넘쳤다. 다시 사람들이 낮은 세상으로 찾아들었다. 아이들은 물론, 개를 데리고 나온 중년 남자가 있는가 하면 다정스레 손잡고 나온 노부부도 있었다. 낮술에 취해 비틀거리는 남자와 걸을 때마다 사지를 뒤트는 장애 여자도 보였다.

해가 서쪽 하늘 너머로 기울면서 신천 상공엔 제비들이 나타나 빠르게 날아다녔다. 제비들은 유연한 움직임으로 아주 낮게도 날다가 아주 높게도 올라갔다. 하늘 높이 까만 점이 될 때까지 올라가는 것은 먹이 때문이 아니라, 우주를 보고 싶거나 우주의 눈이고 싶어서일지도 모른다. 그에 비해 신천 하상을 빠르게 오르내리는 제비들은 마치 자기를 벗어놓으려는 듯했다. 막힘도 없고 거침도 없는 공중을 이쪽에서 한 번 저쪽에서 한 번 획, 획, 방향을 바꾸는 것을 보면 영락없이 그랬다. 벗어놓기, 껍데기는 벗어놓고 알맹이만 날아가기. 묵은 몸을 벗고 새 몸으로 나기. 제비는 위로 솟구침으로 거듭나려 하고, 나는 아래로 내려앉음으로 거듭나려 한다. 그렇다면 하강 또한 상승으로 통하고 상승 또한 하강으로 통하는 것은 아닐까?

낮은 곳엔 낮은 대로의 삶의 방식이 있는 것 같았다. 적어도 이곳에서는 속도가 필요 없었다. 모든 것이 자연의 속도, 본래의 속도대로 움직였다. 다리 위 세상은 빠르게 움직인다. 빠른 것이 미덕이고 가치가 된다. 그러나 낮은 세상에서는 느림이 미덕이었다. 도무지 경쟁할 필요가 없는 이곳의 존재 가치는 그냥 존재하는 데에 있었다. 낮은 세상은 신천과 양안의 둔치를 제 영역으로 아우르며 노인, 실업자, 주정뱅이, 불구자, 불량학생, 어린아이들을 주민으로 하고 있었다. 모두 삶의 주류에서 밀려나거나 아직 주류에 진입하지 못한 사람들이었다. 이곳은 이곳대로 다리 위와는 다른 질서가 있었고 아무나 쉽게 범접할 수 없는 위엄이 있었다.

신천 바닥으로 내려오긴 내려왔으나, 나는 아직 그 세상 속으로 들지는 못하였다. 모든 것을 새로 시작하지 않으면 안 되었다. 속의 것들 하나씩, 하나씩, 비워내 흐르는 물 위로 띄워 보내야 한다. 바람처럼 가벼워져 다리 아래 낮은 세상 속으로 스며들 수 있을 때까지. 큰물 뒤 어느 날 문득 맑아지는 신천처럼, 깊어지고 깊어져 푸른 물이 되어 세상 속으로 흘러야 한다.

땅거미가 지기 시작했다. 어스름이 내리는 저녁, 하늘에 떠오른 별들이 신천에도 떠올랐다. 그것들은 다리 위 세상에서 쏘아 대는 수많은 불빛들에도 지워지지 않고 점점 더 밝게 빛났다.

달 로 가 는 남 자

스카이 빌딩 76층에 있는 〈M 프로그래밍〉 사무원 김 양은 오전 9시 정각에 출근하였다. 그녀는 일층 로비에서 승강기를 타고 꼭대기 층 바로 아래인 76층을 눌렀다. 중간 중간 출근하는 사람들이 내리고 마지막에 두 사람만이 남았다. 남자가 그녀를 흘금 흘금 쳐다보았다. 그녀는 고개를 들어 승강기가 올라가며 불을 켜는 한 층 한 층 숫자를 읽었다. 마침내 76층에 불이 들어오고 한 걸음 앞으로 나섰다. 문이 열리자, 그녀는 곧바로 내려 자신의 사무실로 또박또박 걸어갔다. 그녀를 지켜보고 있던 남자는 더 이상 따라오지 않았다. 그의 사무실은 49층에 있었다. 이제 내려가는 승강기에 혼자 남은 남자가 여자 대신에 승강기 전광판의 숫자를 읽어 내려갔다. 51, 50, 49. 남자가 내리자, 문이 닫히고 승강기는 다시 두레박질을 하러 지상으로 내려갔다.

김 양은 출입문의 잠금장치를 열고 사무실로 들어갔다. 입구 쪽 자기 책상 위에 가방을 내려놓고 화장실로 들어가 세면대 거울을 통해 얼굴을 한 번 들여다보았다. 어제와 다름없는 제 모습을 확인하고는 청소 타월에 물을 묻혀 사장실로 들어갔다. 책상을 닦고 책상 위의 컴퓨터와 프린터를 포함한 주변기기와 팩스기와 전화기를 닦았다. 사장실 소파의 탁자를 닦고 소파 등받이의 천을 바르게 하고 몇 권의 책이 꽂힌 책장을 닦았다. 술병이 놓인 장식장도 닦았다. 사장실을 나온 그녀는 다시 타월을 빨아 자기 책상과 사장실 바깥에 있는 손님용 응접소파의 탁자를 닦고 등받이의 천을 바르게 했다. 마지막으로 사장실과 바깥 탁자 위의 재떨이를 씻어다 놓고 자기 자리로 돌아가 가방을 열고 분첩을 꺼내 거울을 들여다보며 땀이 약간 밴 뽀얀 얼굴을 토닥였다. 청소를 마친 그녀는 창가로 가 유리창에 드리워진 가리개를 열었다. 허공이 쏟아져 들어오며 사무실을 가득 채웠다. 그녀는 지금 자기가 허공중에 앉았음을 느끼며 책상 위의 전화기를 당겨 누군가에게 전화를 걸었다. "언니, 나 오늘도 허공으로 출근했어!"

허공에 앉은 사무원의 전화를 받은 여자는 무엇이든 둘이라야 안심하는 아가씨다. 그녀는 지금 약국 카운터를 닦다가 전화를 받았다. "애, 나는 거꾸로 높은 데서 낮은 데로 출근해. 너처럼 높은 곳으로 출근하고 싶어. 얼마나 아득하고 좋아?" "모르는 소리 하지 마, 언니. 나는 날마다 너무 높이 올라와서 아래가 그리워." "이해해. 늘 한 곳으로만 출근하니까. 출근할 데가 둘이라면 참 좋겠지. 한 곳은 위, 한 곳은 아래." "언니는 아직도 둘 타령이네." "타령이 아냐, 나는 둘이 아니고는 마음이 안 놓여. 왠지 불안해." 무엇이든 둘이라야 안심하는 여자는 어릴 때 부모님을 여의고 졸지에 고아가 되었다. 어린 그녀는 왜 엄마가 하나밖에 없냐고 울었다. 그 이후 그녀는 뭐든 두 개라야 안심했다. 숟가락도 둘, 젓가락도 둘, 가방도 둘, 필통도 둘, 베개도 둘, 이불도 둘, 잠옷도 둘, 시계도 둘, 휴대폰도 둘, 운동화도 둘…… "참, 언니, 얼마 전 애인과 헤어졌다고 했지? 어떻게 해?" "뭘 어떻게 해? 하나가 더 있잖아." "그러니까 하나 더 만들어야지." "지금 물색 중인데 곧 하나 더 생기게 될 것 같아." "언니는 좋겠다, 나는 아직 하나도 못 만들고 있는데." 지상에서 출근하여 허공에 앉은 여자와 둘이어야 안심하는 여자는 아직 전화기를 붙들고 있다. "너네 사장은 뭐해? 왜 날마다 널 허공에 불러내놓곤 모른 체해, 좀 진전이 있어?" "아니, 도통 반응이 없어." "그래? 너희 사장 참 궁금해. 어떻게 생긴 사람이야?" "우리 사장은 뭐랄까, 매일 달로 출근하는 사람이야. 사장실에 사진이 하나 걸려 있어. 한 남자가 공중으로 비스듬하게 세워진 전봇대 위를 걸어가는 사진이야. 마치 우주를 향해 세상 밖으로 걸어가는 사람 같아. 나는 그 남자가 우리 사장이라고 생각해. 그래서 난 그를 달로 가는 남자라고 불러."

달로 가는 남자, 일부러 가장 높은 층으로 올라와 사무실을 내고 날마다 달로 출근하는 남자는 오늘 달로 갈 수 없었다. 그는 달로 가는 대신 지구 위에서 세상의 모든 관계를 뒤지고 다녔다. 그는 그 속에서 하나의 해답을 찾고자 했다. 오늘 아침 일찍 그는 한 남자로부터 전화를 받았다. "어제 저녁 10시, 강남약국 앞에서 차 사고 내셨죠?" 자다가 일어난 그는 정신이 번쩍 들면서 어젯밤 그가 일으킨 추돌사고를 떠올렸다. 가슴이 쿵쿵 뛰기 시작했다. "맞죠?" 남자가 다시 말했다. 그 깐죽거리는 말투로 보아 그냥 수월하게 넘어갈 것 같지가 않았다. 세상 사는 데 이력이 난 닳고 닳은 인물처럼 보였다. 더구나 피해 차량의 여자가, 남편이라며 내민 명함에는 삼천리환경신문 취재부장 직함이 찍혀 있었다. 얼마든지 문제를 만들고 일을 복잡하게 만들 수 있을 것이다. 그 자와 이어지는 끈은 없을까. 달로 가는 남자는 세상의 모든 끈을 다 이어서라도 그 남자와의 관계를 찾아보고 싶었다. 피차 모르는 처지에서 인간은 사악해질 수 있다. 어떤 경로든 서로 아는 처지가 되면 사람은 체면과 명예를 생각하게 된다. 그런데 명함에 찍힌 이름은 물론이고 직업도 그와는 아무런 연이 없었다. 갑자기 왜소해진 자신을 느끼며 그는 주변으로 구원의 신호를 보내기 시작했다.

대문을 나서는데 이웃집 강아지가 꼬리를 살랑이며 다가왔다. 반가웠다. 그는 고개를 끄덕이며 개에게도 친근감을 표시했다. 집 앞에서 자전거를 타고 가는 남자를 만났다. 그에게도 목례하며 손을 들어 보였다. 자전거 타고 가는 남자는 그를 쳐다보지도 않고 휙 지나갔다. 그래도 기분이 괜찮았다. 그는 자기 차를 두고 택시를 탔다. 그가 낸 차 사고에 관해 전문가에게 무엇이든 조언을 듣고 싶었다. 차에 오르며 기사에게 "안녕하세요. 좋은 아침이죠?" 하고 인사했다. 나이 든 택시기사는 무뚝뚝했다. 고개를 끄덕, 하고는 그를 쳐다보았다. 그는 당황했다. 기사가 계속 그를 쳐다보았으므로 그가 뭘 잘못했는지 생각하다가 "아, 예, 강남약국 앞으로 가주세요." 그제야 택시가 움직였다. 뭔가 못마땅한 기사의 인상을 보고 달로 가는 남자는 더 이상 말을 붙일 엄두를 못 내고 입을 다물었다. 조금 뒤 택시는 그가 지난밤 추돌사고를 일으킨 장소에 도착했다. 차에서 내린 그는 무슨 흔적이라도 찾을 양으로 두리번거렸다. 그런데 그게 좀 애매했다. 어떤 단서도 없었을 뿐 아니라 정확한 사고 장소부터 짚어낼 수가 없었다. 어제 그는 사무실이나 집과는 동떨어진 곳에서 약간의 음주를 했다. 차를 몰고 가서는 안 되는데도 무심코 운전대를 잡았다. 얼마 못 가서였다. 강남 네거리 근처에서 인도 가까이 붙여놓은 검은색 에쿠스 후미를 박았다. 곧 차 문이 열리고 앙칼진 여자 목소리가 들렸다. "뭐 이런 인간이 다 있어. 아이고, 머리야!"

달로 가는 남자는 약국 앞을 이리저리 재어보고 둘러보다가 약국 안으로 들어갔다. 뭐든 둘이어야 안심인 아가씨는 아직도 통화 중이었다. 달로 가는 남자가 약국 문을 밀고 들어오자 말했다. "얘, 있다가 통화하자. 손님 오셨어." "안녕하세요. 좋은 날씨죠?" 달로 가는 남자가 둘이어야 안심인 아가씨를 보고 동의를 구하 듯 말했다. 그는 세상의 모든 것들과 우호적인 관계를 맺고 싶었 던 것이다. "그러네요, 어서 오세요." 여자가 반응을 보이자 그가 또 말했다. "불황이라고 떠드니 약국도 좀 덜 되죠?" 이번에는 여 자의 대답이 애매했다. "뭐, 될 때도 있고 안 될 때도 있죠. 세상 일이란 게 그렇잖아요?" "맞습니다. 옳은 말씀이에요. 세상일이 란 게 그렇죠." 달로 가는 남자가 적극적으로 동의하며 나섰다. 여자는 괘념치 않고 무얼 사러 왔는지 묻는다. "아, 예, 원비 하나 에 우루사 한 알만 주세요." 둘이어야 안심인 아가씨가 말했다. "하나만 하면 되나요?" "그럼요. 마시고 갈 건데요." 그녀가 우루

사 한 알과 원비 한 병을 따서 준다. 달로 가는 남자가 그걸 마시며 은근한 눈길로 여자를 보며 물었다. "아가씨, 어제 저녁에 바로 이 앞에서 자동차 추돌사고 나는 거 못 봤어요?" "사고요? 못 봤는데요. 몇 시쯤 일어난 사고였나요?" "열 시쯤 되었나?" "아, 그러면 나는 퇴근하고 난 뒤네. 우리 사장님이 보셨을 거예요. 누가 다쳤나요?" 남자는 고개를 끄덕이다 가로 흔든다. "몰라요, 부딪친 차 주인이 차를 끌고 갔으니 큰 사고야 아니겠지요." 말하고 보니, 희망사항만 말한 것 같아 덧붙였다. "그래도 걱정이 되어 누구 본 사람한테 물어보려고 사무실도 안 가고 이리로 왔지요." "사장님 나오시면 물어보세요. 10시면 나와요."

달로 가는 남자는 고맙다고 말하고 약국을 나왔다. 그는 사무실로 가지 않고 어디론가 휴대폰으로 전화를 걸었다. 그의 변호사 친구였다. 그는 변호사와 점심 약속을 하고 지나가는 택시를 잡았다. 이번에는 행선지부터 말했다. "여의나루로 갑시다." 다행히 이번 기사는 청년인데 사근사근한 인상이었다. 그는 추돌사고에 관해 생각나는 대로 말하고 자문을 구했다. 청년은 그런 일은 훤히 꿰차고 있다는 듯 자신 있게 대답했다. "그거 단순 추돌사고잖아요. 보험처리하면 돼요. 걱정할 거 없어요. 피해자가 차 끌고 갔다면 큰 문제는 없다고 보면 돼요. 뒤늦게 병원에 가 눕고 진단서 끊어오는 경우도 있긴 해요. 하지만 그건 꾼들이나 하지 아무나 하는 게 아니에요. 재수 없이 꾼한테 걸린 거라면 그야말로 재수 옴 붙었다 생각해야 돼요. 그걸로 먹고사는 놈한텐 못 당하니까요. 그래도 걱정할 건 없어요. 보험회사에서 알아서 다 처리해 줘요. 다만 보험 할증이라든가 기타 비용이 좀 들 거예요. 그건 각오해야죠." 그의 말대로, 기타 비용 좀 들고 말 일이라면 그렇게 조바심할 이유는 없을 것 같았다. 달로 가는 남자는 기사의 자문에 진심으로 고마워하며 동의하듯 연신 고개를 끄덕였다. 그런데 그가 한 가지 말하지 않은 게 있었다. 음주였다. 만약에 음주 사고라면 문제가 전혀 다를 것이었다. '멀쩡하게 생겨 가지고 음주운전을 하다니!' 할 수 있는 문제였다. 그냥 우연히 그곳으로 지나다가, 정차 중인 차를 미처 발견 못하고 가볍게 추돌한 것으로만 말하였으니……. 그러나 그는 술을 마셨고 많이는 아니지만 약간은 취한 상태였고, 그걸 상대방 피해 운전자도 눈치챘을 수가 있고, 그 집 취재부장이 비록 말은 하지 않았지만 그걸 그의 약점으로 활용하기 위한 비장의 카드를 준비하고 있을지도 모르고……. 이래저래 머리는 복잡하고 마음은 편하지 않았다.

아침에 달로 가는 남자에게 전화를 건 남자는 어젯밤 늦게 집에 돌아와서 마누라로부터 사고 얘기를 들었다. 차를 보니 가벼운 추돌사고 같았다. 범퍼 한쪽이 쭈그러들고 후미등이 나간 정도였다. 마누라가 똑똑하게도 차번호가 적힌 명함을 받아왔다. 명함에는 무슨 컴퓨터 프로그래밍 회사 대표라고 되어 있는 데다 강남의 스카이빌딩 76층에 사무실이 있어 보상받는 데는 문제가 없을 것 같았다. 다친 데는 없는지 물으니, 고개를 이리저리 돌려보며 잘 모르겠다고 하다가 목이 좀 뻐근하다고 했다. 자고 나서 병원부터 일단 가보라고 일러두었다. 목이 뻐근하다는 마누라만 뒤탈이 없다면, 보험 처리보다는 현금으로 받아 챙기고 차수리는 자차 보험을 이용하면 꿩 먹고 알 먹는 것이 될 것 같아 은근히 즐거워졌다. 일단 칼자루를 쥐고 있으니, 느긋하게 즐기며 처리하면 될 것이었다. 다음 날 아침 일찍 그는 마누라가 받아온 명함에 적힌 번호로 전화를 걸었다. 상대방은 무척 당황하는 듯했다. 예예, 하면서 사고 사실을 인정했고 그가 지정하는 장소로 나오겠다고 하였다. 일단 오후 3시로 약속을 잡았다. 그 전에 마누라는 병원에 가서 부상 여부나 부상 정도를 진단받을 것이다. 그는 가해 운전자를 적당히 얼러대어 과외의 비용을 챙길 수도 있다는 계산까지 하며 고개를 끄덕였다. 그러고는 기분 좋을 때 하는 버릇인 코끝을 어루만졌다. 9시가 되자 그도 강남에 있는 매장으로 출근했다. 중년 부인들을 위한 옷가게였다. 판매나 관리는 마누라가 하지만 사장은 어디까지나 그였다. 종업원들 출근 상황을 체크하고 상품 진열을 둘러보며 청소 상황까지 점검했다.

　가게 쇼윈도 앞에 아까부터 웬 낯선 남자 하나가 오락가락했다. 허름한 차림이지만 얼굴은 의외로 곱상했다. 무심한 표정으로 가게 안을 살피던 그가 지금은 쇼윈도 앞에 비스듬히 서서 홀린 듯 마네킹을 바라보고 있었다. 그가 왜 그러고 있는지 누가 봐도 눈치챌 만했다. 사장도 그 남자를 보았다. "저 인간 뭐하고 있어?" 사장이 묻자, 판매원 아가씨들이 입을 모아 그에 관해 재재거렸다. 그 곱상한 남자는 벌써 며칠째 가게 앞에 나타나 저러고 있다고 했다. 안 보는 척하며 윈도우에 멋진 포즈로 있는 마네킹을 눈여겨보면서. 땡볕에 오래 서 있기가 거북할 정도가 되면 그때서야 어디론가 가버린다고 했다. "약간 머리가 돈 남자 같아요. 우리 마네킹 아가씨를 사랑하나 봐요. 특히 저기 다리 꼬고 앉은 가운데 마네킹을요." 사장은 자기 가게 마네킹에 반해 가게 앞을 서성인다는 낯선 남자가 마음에 들었다. 곱상한 얼굴이니 남에게 혐오감을 주거나 해를 끼칠 일도 없으리라. "매일 새 옷으로 갈아입히고 머리도 예쁘게 빗질해 줘." 사장이 그 외로운 남자를 위해 매장 아가씨들에게 지시했다. "그가 좀 더 행복한 꿈을 꾸도록 말이지."

여자옷가게 〈데이 룩〉 사장은 매장 뒤에 있는 사무실로 들어와 수첩을 꺼내 오늘 할일을 체크했다. 3시, R백화점 스카이라운지 커피숍 BMW 타는 남자, 라고 적힌 밑에 검게 줄을 그었다. 그리고 그는 마지막으로 한 군데 전화를 했다. 전화는 근처 약국에서 일하는 둘이어야 안심하는 아가씨가 받았다. 그가 목소리를 가다듬으며 말했다. "미스 손, 어제 약국 앞에서 차 박는 것 봤지?" 둘이어야 만족하는 아가씨가 말했다. "이상하네. 오늘은 사람마다 내가 못 본 차 사고 소식은 왜 묻는지 몰라." 남자의 목소리가 올라갔다. "왜, 누가 또 묻던?" "아까 웬 남자가 와서 묻던데요." "그래서?" "퇴근한 뒤라 모른다고 했죠." 남자가 그제야 생각난 듯 말했다. "그렇지, 그 시간은 퇴근한 뒤지. 사장은 언제 나와?" "나올 시간 다 되었네요." 잠깐 뜸들이다가 여자옷가게 사장이 말했다. "그 대머리하고는 잘 되어 가?" 여자가 놀란 듯 되묻는다. "네? 그 변태하고요?" "왜 그래? 변태라니, 자기한테 무슨 수작이라도 부려?" "그런 건 아니지만 싫어요." 그가 히죽 웃으며 은근한 목소리로 말했다. "이따가 점심시간에 좀 봐." "왜요?" "나랑 점심이나 하자고." 둘이면 안심인 아가씨가 벽에 걸린 시계를 쳐다보며 천천히 대답했다. "알았어요." 남자가 못을 박듯 말했다. "나올 때 대머리한테 사고 얘기도 물어보고." "어디로 가요?" "저번 그 한식집으로 와."

달로 가는 남자가 택시를 타고 도착한 곳은 한강이 바라보이는 여의나루 근처였다. 아침에 받은 전화로 복잡해진 머리를 식히고 생각들을 정리하기 위해 그곳으로 갔다. 택시에서 내린 그는 공원으로 조성된 강변으로 내려가 나무 그늘 속에서 강 풍경을 바라보았다. 그의 눈에 휠체어를 타고 공중전화 부스를 들락거리는 남자가 들어왔다. 공중전화 부스는 두 개가 나란히 서 있는데 하나는 동전용 전화기이고 다른 하나는 카드용 전화기이다. 카드 전화기는 장애자나 어린아이가 사용해도 좋도록 낮게 설치되었다. 휠체어 남자는 먼저 동전 전화기 부스로 들어가 송수화기를 들었다. 재빨리 동전을 넣었다. 동전 넣는 동작을 계속하는 것으로 보아 중간에 끊기는 일이 없도록 충분히 넣는 것 같았다. 팔을 위로 뻗어 번호를 누른다. 뚜뚜 신호가 가겠지. 상대가 전화를 받았는지 그가 뭐라고 말하는 모습이 보였다. 조금 뒤 그가 휠체어 바퀴를 밀며 나왔다. 통화를 끝냈나 보다, 라고 생각하는데 그는 옆의 카드 전화기 부스로 들어가 다시 전화를 걸었다. 이번에는 목을 위로 빼지도 손을 쳐들지도 않았다. 연결이 되었는지, 송화기 저쪽의 상대방과 뭐라고 신나게 얘기했다. 커다란 몸을 휠체어 위에서 흔들며 여러 제스처를 했다. 잠시 후, 남자는 다시 휠체어 바퀴를 굴리며 바쁘게 옆의 부스로 갔다. 전화기에 매달린 채 대롱거리는 송수화기를 잡고 다시 제스처를 해가며 대화를 계속했다. 잠시 후 다시 휠체어를 밀고 나온 그는 카드 전화기로 가 통화를 이어갔다. 그때 한 젊은 여자가 다가와 비어 있는 전화 부스로 들어갔다. 전화기에는 아직 동전이 남았나 보았다. 여자가 옆 부스의 남자를 힐끗 보더니만, 어디론가 전화를 걸어 한참이나 수다를 떨었다. 그동안 남자는 대화를 멈춘 듯했다. 아까까지만 해도 격렬하던 그의 제스처가 조용한 것으로 보면. 여자가 송수화기를 내려놓았다. 그리고 힐끔 휠체어의 남자를 쳐다보곤 돌아나갔다. 그때까지 다소곳이 앉았던 그가 휠체어 바퀴를 밀어 방금 여자가 떠난 부스 속으로 들어가 송화기를 잡았다. 윗옷 주머니 속에서 동전을 꺼내 동전을 넣었다. 어디론가 전화를 걸어 또 누군가를 불러냈다. 뭐라고 웃고 떠들며 얘기했다. 조금 후 그는 다시 카드 전화기 부스 속으로 들어갔다.

변호사 친구와 약속한 시간이 다가오자, 달로 가는 남자는 택시를 타고 서초동으로 갔다. 아까 여의나루까지 태워준 기사의 얘기대로라면 보험회사에 맡기는 것이 가장 속 편할 듯했다. 그러나 아무래도 부족했다. 그것으로 마음 놓고 있을 수는 없었다. 변호사를 만나 상의해보는 것이 옳을 것이다. 그는 좀 이르게 약속한 일식집으로 가 변호사를 기다렸다. 그동안 그는 여기저기 아는 지인들한테 전화를 걸었다. 질문도 비슷했고 대답도 비슷했다. "자네, 혹시 삼천리환경신문이라고 들어봤나?" "아니, 그런 신문도 있나? 왜, 무슨 일인데?" "혹 누구 아는 사람 있나 싶어서."

　변호사 친구가 오고 그들은 자연산 도다리회로 식사를 하며 얘기를 나누었다. 먼저 달로 가는 남자가 지금까지 머릿속으로 수없이 시뮬레이션 한 사고 전말을 자세히 설명했다. 변호사는 그의 얘기를 몇 마디 듣지 않고서도 법률적 판단이 서는지 간단하게 말했다. "차 부순 것은 별 거 아냐. 견적서대로 보험처리하면 돼. 문제는 사람이 얼마나 다쳤느냐에 있어. 진단이 몇 주 나오느냐가 중요해. 부상이 심할 경우 합의가 필요할 수 있어. 그때 합의를 못 보면 입건되어 벌금을 물거나, 심하면 그 이상의 형사 처분도 각오해야 돼." 그가 염려한 음주 운전은 전혀 문제될 것이 없다고 했다. 사고 당시 측정하지 않았으니 음주 사실을 부인하면 되고, 인정한다 하더라도 측정치가 없으니 그걸로 처벌할 수는 없다고 했다. 변호사 말대로라면 의사의 진단 소견이 어떻게 나오느냐가 중요할 것 같았다. 마지막으로 그는 변호사 친구에게 물었다. "최변, 혹 삼천리환경신문이라고 들어봤나?" "삼천리환경? 아니, 왜?" "그냥 누구 아는 사람 있나 싶어서." "모르겠어." "그럼 됐어, 들어가 봐. 고마워." 친구를 보내며 그는 시계를 본다. 1시 30분, 강남약국 주인을 만나러 갈 시간은 충분하지만 군이 만나 물어보지 않아도 될 것 같았다. 달로 가는 남자는 피해 운전자를 진단할 의사가 제발 양심적인 의사이길 바라며, 사무실 빌딩 속으로 사라지는 친구의 등 뒤로 손을 흔들었다.

약국 주인은 평소와 같이 10시에 약국에 나왔다. 감시카메라가 종업원인 미스 손은 물론 약국에 다녀간 손님까지 다 녹화해두었을 것이다. 오전 11시, 업무 체크가 끝나 조금 심심해진 그는 메모지 위에다 "어젯밤 장모님이 다녀가셨다."라고 썼다. "그렇지, 장모님이 예쁜 처제와 다녀가셨지!"라고 한 번 더 썼다. 그러다가 사고 생각이 났다. 참, 차 사고가 있었는데 괜찮았을까? 처제는 다친 데가 없었을까? 어젯밤 10시쯤 되었을 것이다. 약국 앞에서 추돌사고가 있었나 보다. 약국에서 나간, 방금 그가 '장모님'이라고 쓴 여자가 추돌한 차의 남자에게 삿대질하는 것을 보았다. 뒤이어 그의 '예쁜 처제'가 차문을 열고 나와 제 엄마를 말려 차로 데려가는 것도 보았다. 마침 손님 서넛이 몰려와 그들을 상대하느라 더 이상 지켜볼 수는 없었다. 조금 후 바깥을 내다보니 박힌 차도 박은 차도 보이지 않았다. 그의 '장모님'과 '예쁜 처제'는 조금 전 약국에 들어와서 몇 가지 비타민과 영양제를 사 갔었다.

약사는 그가 마음속으로 장모로 찍은 그 중년 여자를 잘 알았

156

다. 근처에서 옷가게를 한다는 그녀는 약국의 단골이었다. 그는 그녀의 딸들도 잘 알았다. 장모는 딸들을 대동하고 약국에 들러 이런저런 약을 사 가곤 했던 것이다. 그가 마음에 둔 여자는 이제 고3인 둘째딸이었다. 하지만 고3은 아직 어렸다. 다만 대학생인 언니가 있으니, 어린 그녀의 형부는 될 수 있을 것이라고 생각하고 내심 그렇게 정했다. 비록 마음속 일이지만, 그는 언니 한 사람과의 관계로 뽀송뽀송한 살결을 가진 예쁜 처제와 몸집 좋은 장모까지 얻게 된 것이 흐뭇했다. 남남이 아닌 장모사위 관계, 거기에 더하여 예쁜 처제와 형부 사이. 이 얼마나 멋지고 근사한 관계인가. 그가 벗겨진 머리로 둥글 넙적하게 웃으니 얼굴이 더 커보였다. 그는 간밤에도 그런 웃음을 지어 보이며 모녀에게 약을 내주고 자세한 복용법을 설명해준 바 있었다.

강남약국 대머리 약사는 간밤에 꾼 꿈이 생각났다. 그가 잘생긴 모기로 변신해 모험을 하는 꿈이었다. 꿈에서 그는, 여름 한철만 살다가 죽는 모기가 되는 것이 낫겠다고 생각했다. 그는 할 수 없지만 모기는 할 수 있는 일이 있었던 것이다. 어젯밤에는 이 소망이 더욱 간절해서 저도 모르게 소리 내 말하고 말았다. "모기가 되고 싶다!" "모기가 되고 싶다!" "모기가 되고 싶다!" 세 번을 말했을 때 놀랍게도 그가 누웠던 자리에는 그 대신 훤하게 잘생긴 모기 한 마리가 앉아서 날개를 비비고 있었다. 그는 모기가 된 것이다. 메모지 위에 또 썼다. "그녀는 밤새도록 자기 주위를 맴돌며 떠나지 않는 모기를 발견했다. 아주 크고 잘생긴 모기였다. 잘생겼으면 그게 비록 모기일지라도 사랑을 느낀다. 더구나 그게 음양의 관계라면, 다른 종(種)이라도 구애하게 되는 것이 이 세상의 암컷과 수컷의 본질이다. 오, 일체감의 신비여!" 모기가 된 그는 여자의 살 속으로 날아갔다. 그녀의 유방에선 젖 냄새가 났다. 약사는 모기가 되어 날아간 곳이 바로 고3 처제의 가슴 골짜기였음을 생각하며 그 둥글고 큰 얼굴을 붉혔다.

정오가 되자, 약사는 둘이면 안심인 아가씨를 점심 먹고 오라고 보냈다. "미스 손, 한 그릇만 시켜서 먹고 와, 두 그릇 시키지 말고." 미스 손은 약국을 나서며 오늘 따라 사장의 목소리가 앵앵거린다고 생각했다.

여자옷가게 사장과 둘이어야 안심인 여자는 약속된 한식집에서 만나 점심을 먹는다. 밥 얻어먹는 값으로 둘이어야 안심인 여자가 먼저 말했다. "어제 부인이 사고 냈다면서요?" "어, 물어봤어. 자세히 봤대?" "네." "그래서?" "보긴 봤는데 마침 손님이 들어와서 나가 보지는 못했대요. 문 닫기 직전에 처방전 없이 오는 손님이 많아요." "그래서, 뭐래?" "그 전에 부인이 따님과 약국에 와

158

서 따님 약을 지었다 하네요. 문을 열고 나가 약국 앞에 주차해둔 차로 가는 것까진 봤대요. 그때 손님이 들어오는 바람에 더 이상 보지는 못했고 조금 뒤 시끄러워 내다봤는데 차 두 대가 키스, 어머! 이건 그 변태 표현이에요, 박아 있더래요. 뒤차가 앞차를 박은 것 같은데 뭐 가벼운 충돌인지 두 차 모두 금방 출발했다나요." "다야?" "네." "아까 참 어떤 남자가 와서 물어봤다고 했지." "네." "어떤 사람 같았어?" "글쎄요. 별 관심이 없어 예사로 봤어요. 그냥 순한 사람 같았어요."

마누라 말로는 인도 쪽에 붙여 놓았다가 출발하기 위하여 핸들을 꺾고 주행차선으로 들어오는데 뒤차가 들이박았다고 했다. 추돌사고가 분명한데 깜빡이를 안 넣었다 하더라도 책임은 대부분 박은 차에 있을 것이다. 그는 사고 그림을 훤하게 그릴 수 있었다. 더 이상 알아보고 자시고 할 게 없었다. 일을 키울 수 있는 무슨 건덕지가 있으면 좋을 텐데, 아쉬웠다. 할 수 없지. 대신 저녁에 이 아가씨하고 재미나 좀 보지 뭐. 여자옷가게 사장은 그렇게 마음을 고쳐먹으며 말했다. "저녁에 퇴근하고 청평 쪽으로 드라이브나 가자고. 차 끌고 약국 근처에서 기다리고 있을게." 마누라가 매장을 지킬 저녁 시간쯤에는 이 나긋나긋한 노처녀를 꿰차고 있을 것이다. 그녀는 여자옷가게 〈데이 룩〉에 근무하다가 시집간 점원의 친구로, 그와는 몇 번 데이트를 한 사이였다.

달로 가지 않고 세상의 끈을 이으러 다니던 남자는 변호사 친구와 헤어진 뒤 사무실로 늦은 전화를 했다. 사무원 김 양이 허공에서 공허한 목소리로 말했다. "친구 분이 와 계세요, 다른 일은 없구요." "누구?" 그녀는 나지막이 속삭였다. "춤 선생님요." 춤 선생이란 그의 고등학교 동창으로 그가 붙인 별명이다. 춤을 가르치는 선생이 아니라 그냥 춤추러 다닐 뿐이다.

허공에 앉은 여자와 달로 가는 남자에게 춤 선생으로 불리는 남자는 백수답게 느지막이 동창 사무실에 들렀다. 그러나 친구는 없고 사무원 김 양만 자기 자리에 동그랗게 앉아 있었다. 춤 선생이 무도회장을 드나들며 춤추는 남자가 된 것은 벌써 5년이 넘는다. 그는 한때 잘 나가던 은행원이었다. 그가 관련된 금융사고가 터지면서 면직되었고 이후 백수로 지내왔다. 그의 아내는 공무원으로 동사무소에 근무했는데, 민원부서 공무원이 그렇듯이 무뚝뚝하고 인정머리 없는 여자였다. 돈 밝히는 것 말고는 도무지 세상 사는 재미를 몰랐다. 그는 아내를 안을 때마다 식은 보리밥 덩어리를 안는 느낌이었다. 따스하고 포근한 몸이 그리웠다. 권태를 못 이긴 그는 춤을 배우기 시작했고 마침내 춤추는 남자가 되었다.

점심때가 되자, 허공에 앉은 여자가 춤추는 남자에게 물었다.

"뭐 드실래요?" 이건 그의 친구가 그에게 묻는 패턴 고대로다. 그는 춤추는 남자답게 빙글 돌려 대답했다. "김 양은 뭐 먹을 건데?" 김 양이 빤히 그를 쳐다보더니 말했다. "저는 잡채밥을 시킬 건데요." "아, 좋지 나도 같은 걸로." 김 양이 책상 위 전화기 다이얼 숫자를 누른다. "여기 스카이빌딩 76층 M 프로그래밍인데요. 잡채밥 두 개요." 백수는 이 마천루 꼭대기, 한 사무실에 단둘이 들어 있는 여자를 요모조모 뜯어보았다. 참하게 생겼다. 아직 어린 나이일 것인데도 도무지 빈틈이 없었다. 그는 입맛을 다시면서 친구는 이 아가씨와는 어떤 관계일까, 생각했다. 김 양은 미혼 처녀이고 친구 또한 독신으로 살고 있는 남자니 무슨 일이 있을 법도 했다. 그런데, 친구를 보면 여자에겐 도무지 관심이 없어 보인다. 하지만 남자로서 성적인 욕구는 있을 것 아닌가. 그 문제는 어떻게 해결하나? 친구는 자기 부하 직원인 김 양을 먹었을까, 안 먹었을까? 여기까지 생각이 미쳤다. 그에 대한 해답도 그로서는 내놓기 어려웠다. 김 양도 만만한 아가씨가 아니다. 스무 몇 살 된 여자가 마흔이 넘은 자기 상사와 사고 칠 것 같지도 않았다. 그녀의 무심하면서도 단정한 태도로 보아 아무 일도 없는, 그냥 사장과 직원 사이 같기도 했다. 꼬리를 잇는 그의 생각을 밀어내며 중국집 용궁에서 배달된 음식 그릇이 눈앞에 놓였다. 그의 것은 응접소파 탁자 위에, 다른 하나는 사무원 김 양 책상 위에. 백수는 입이 썼다. 말없이 자기 음식이 놓인 자리에 앉아 먹었다.

그때 그의 휴대폰이 요란하게 뻐꾸기 소리를 냈다. 무도장에서 만난 여자였다. 그녀와 사귄 지는 한 일 년 되었다. 처음에는 춤만 췄으나 서로 마음이 통해 얼마 안 가 정을 통했다. 이후 가끔씩 만나면서 서로 허허로움을 푸는 사이였다. 그녀는 철저하게 자기 신분을 감춰 무엇을 하는 여자인지는 모른다. 다만 그보다 연상이라는 것과 에쿠스를 몰고 다니며 씀씀이가 괜찮다는 정도만 안다. 여자의 전화를 받고 춤추는 남자는 부리나케 나가버렸다.

찜질방으로 간 에쿠스 모는 옷가게 여자는 무도장에서 만난 춤추는 남자를 호출한 뒤, 남편인 진 사장에게도 전화를 걸었다. "나 병원에 왔는데요, 별 탈은 없나 보네요." "그래?" 남편의 떨떠름한 목소리가 가늘게 들려왔다. "그 작자 만나면 차 수리비나 물리고 봐주세요. 이번 기회에 긁히고 받힌 데 전부 말끔하게 수리하고요." "두말하면 잔소리지. 그런데 정말 괜찮은 거야?" 남편이 다시 물었다. "의사가 이상 없다고 하니까요. 그래도 목이 뻐근하고 몸도 찌뿌듯하니 찜질방에 가서 좀 지져야겠어요." "알았어, 너무 꾸물대지는 말아. 나도 저녁에 약속 있어." "그래요. 차는 집에 두고 왔으니 당신이 서비스 센터에 연락해서 가져가라고 하세요." "그래." 통화가 끝나자 에쿠스 모는 여자의 조금 전까지도 찌푸렸던 얼굴에 남모를 미소가 떠올랐다. 통통한 얼굴이 환하게 펴지며 생기가 묻어났다. 이제 적어도 서너 시간은 심신을 쉬면서 연하의 춤추는 남자와 즐겁게 보낼 수 있을 것이다.

3시 10분 전, 백화점 스카이라운지로 올라가면서 여자옷가게 사장은 차 박은 남자를 어떻게 요리할 것인지를 생각하다가 마누라한테서 걸려온 전화를 받았다. 병원에서 아무 이상이 없다는 판정을 받았나 보았다. 뭔가 아쉬운데 마누라는 의외로 시큰둥하다. 어젯밤만 해도 큰 사고라도 난 것처럼 지랄이더니 어느새 쑥 들어갔다. '이거 뭐야? 한 건 하나 했는데, 닭 쫓던 개 지붕 쳐다보는 격이잖아?'

2시 50분, 에쿠스 모는 여자나 깐죽거리던 남자와 이어지는 끈을 찾아 세상 속을 헤매느라 달로 못간 남자는 약속된 장소로 가기 위해 백화점으로 들어섰다. 백화점 층층에는 엄청나게 많은 상품들이 쌓여 있었다. 에스컬레이터에서 그는 한 여자를 비켜갔다. 여자는 여러 개의 쇼핑백을 들었다. 백화점 고유의 로고가 그려진 쇼핑백과 유명한 외국 브랜드의 로고가 선명한 쇼핑백을 두 손에 들었다. 뚱뚱한 그 여자는 이혼한 전처와 닮았다. 쇼핑에 미쳐 끊임없이 물건을 사다 나르던 여자였다. 가족이 늘어서가 아니라 집에 들인 물건과 가구가 늘어나면서 이사를 해야 했다. 그 여자와 살면서 그는 이사만도 다섯 번을 했다. 32평 아파트로 시작한 살림이 나중에는 88평 살림으로 불어났다. 달로 가는 남자는 더 이상 그 집에 살 수 없었다. 그는 모든 것을 두고 혼자 집을 나왔다. 집과, 집을 꽉 채운 물건들과, 어느새 뚱뚱해진 여자가 그가 두고 나온 목록이었다. 비로소 그는 숨을 쉴 수가 있었다. 숨 쉴 수 있는 자유가 이처럼 고맙다니! 여백을 가진 삶의 공간이 그리웠던 그였다. 그가 새로 마련한 조그마한 집에는 그것들이 점령군처럼 쳐들어와 똬리를 틀고 있지 않아 행복했다. 그가 시간에 맞춰 스카이라운지 커피숍에 도착해 카운터 아가씨에게 찾는 남자를 말했을 때, 구석에 앉았던 한 남자가 손을 들었다.

처음이어야 할 남자는 많이 본 듯도 한 얼굴이었다. 세상 어디에서나 흔히 만날 수 있는 얼굴, 지극히 상식적이고도 평범한 얼굴이지만 절에 가서 새우젓이라도 얻어먹을 위인처럼 약삭빨라보였다. 장미 한 송이가 꽂힌 유리병을 가운데 두고 두 남자가 마주앉았다. 먼저 약삭빠르게 보이는 남자가 기선을 잡고 말했다. "보험이야 들어 있겠죠?" 달로 가는 남자도 씩씩하게 대답했다. "물론입니다." "마누라가 목이 아프다는데……." "입원해 계시는가요?" "마누라가 미련한 데가 있어서 병원엘 가기 싫어해요. 뒤탈이 있으면 안 되는데." "그럼 안 되죠. 병원에 가서 검사를 해보시는 게 좋을 텐데요." "그러게 말예요. 아까 전화해 보니 찜질방에 가서 지진다나 어쩐다나, 참." "어떡하죠?" "글쎄요, 뭐, 정 걱정이 되시면 한약이라도 지어먹이게 탕제 값이나 좀 주시든가." "아, 예. 그래야죠." "그럼 먼저 보험회사부터 연락하시죠." 여자옷가게 사장이 선심이라도 쓰듯 말했고 달로 가는 남자는 그가 가입한 보험회사에 전화했다. 간단한 사고 경위와 피해 차량 번호를 얘기하고 정식으로 사고 접수를 시키며 완벽하게 수리해 주라고 말했다. 이어 여자옷가게 사장이 주문하는 대로 수리할 동안 차 렌트하는 비용과 피해자 병원 검사비도 처리해주라고 부탁했다. 일이 끝났음에도 여자옷가게 사장은 일어나지 않았다. 달로 간 남자가 그를 바라보다가 잊은 듯 봉투 하나를 내놓았다. "부인께서 놀라셨을 텐데……." 여자옷가게 사장이 재빠르게 봉투를 받아 넣으며 말했다. "뭐 이거라도 주면 좀 위로가 되겠죠."

여자옷가게 사장은 이제 더 이상 할 일이 없었다. 중요한 일과가 끝났다. 여름날 오후의 긴긴 시간이 비었다. 이럴 때 그가 연락하는 여자가 생각났다. 그의 매장에 고객으로 자주 들르면서 알게 된 여자였다. 그녀는 오늘도 백화점이나 상가를 기웃거리며 돌아다닐 것이다. 그가 그녀의 번호를 찍자 폰은 금세 연결되었다. "어때, 정 여사, 나랑 좀 안 놀래요?" 그가 쾌활한 목소리로 말했다. 저쪽에서도 반기는 듯한 목소리. "아이, 진 사장님도. 왜 안 되겠어요." "지금 어디 있어요?" 남자가 묻자 여자가 대답했다. "마침 시내에 일이 있어 나왔다가 백화점에서 쇼핑 좀 했어요. 이제 집으로 들어갈까, 하는 중이에요." "그럼 잘됐네. 나 있는 데로 와요. R백화점 스카이라운지에요." "어머, 나는 지하주차장이에요. 근데 가게는 안 보고 거기는 왜요?" "누구 좀 만나 처리할 일이 있어서요. 빨리 오기나 해요." 여자옷가게 사장은 기분이 좋았다. 오늘은 일마다 척척 잘 풀렸다. 점심때는 아가씨 하나를 낚시했는데 그 나긋나긋한 여자는 저녁에 요리해 먹으면 될 것이었다. 조금 전에는 웬 어수룩한 사내를 만나 오늘 두 여자와 재미 보고도 남을 용돈까지 챙겼다. 그중 한 여자가 금방 오기로 했다. 마누라 이상으로 풍성한 그 여자는 오후의 파트너가 되어 그를 즐겁게 해줄 것이다. 에쿠스 모는 여자와 그녀 남편인 여자옷가게 사장은 오늘 모두 저마다 삶을 즐길 안성맞춤의 이유가 마련되었다. 그들은 바람을 피우고 외도를 해도 당당하고 떳떳한 느낌이 들었다.

현실의 파도 속에 내던져져 시달리던 남자는 이제 달로 돌아갈 수가 있었다. 에쿠스 모는 여자나 그녀 남편인 깐죽거리던 남자는 물론, 그가 아침부터 헤매고 다니던 세상도 더 이상 그를 따라오지 않을 것이다. 음주 이야기는 그 사내 입에서도 그의 입에서도 나오지 않았다. 하늘도 알고 땅도 알고 그 자신도 아는 일이 전혀 문제되지 않고 넘어갈 수 있다니, 참으로 아이러니했다. 남은 문제나 뒷수습은 보험회사에서 절차대로 처리할 것이다. 세상의 모든 관계 속에서 그들과 이어지는 끈을 찾아보려 했던 아침부터의 일이 모두 도로처럼 느껴지며, 달로 올라 온 남자는 갑자기 심한 피로를 느꼈다. 그는 만나는 대상마다 동의를 구하면서 우호적인 관계를 맺으려 했고, 조그만 연이라도 찾아보려 애썼지만 여의치 않았었다. 그는 한때 고립무원의 느낌에 빠지면서 홀로 세상에 버려진 듯했다. 세상사란 그저 사소한 것들이 인과관계로 맞물리면서 굴러가는 것일 뿐이라는 깨달음이 어렴풋이 다가왔다. 그는 혼자라는 느낌, 아무도 그를 도와줄 수 없다는 느낌이 너무도 절실했던 탓에 아직도 그 쓸쓸한 감정에서 벗어나지 못하고 있었다. 그에게 지금 필요한 것은 그를 진정으로 이해하고 감싸주고 따뜻이 안아줄 그 무엇이었다. 인간이라도 좋고 짐승이라도 좋고 나무라도 좋고 바위라도 좋았다. 그에게 오아시스가 될 만한 곳은 그래도 김 양이 기다리는 사무실이었다.

　지상에서 가장 높은 빌딩을 올라와 달에 온 남자는 김 양의 가슴에 무너지듯 얼굴을 묻었다. 그들 사이로 오후의 남은 시간이 천천히 흘러갔다.

거인 巨人을 위하여

2003년 8월 대구 하계유니버시아드 대회가 끝나가던 무렵, 시내의 한 음식점에서 조촐한 만찬이 베풀어졌다. 대회 조직위원회에서 그동안 자문위원으로 수고한 각계 인사들을 초청한 자리였다. 이 자리에는 주경기장을 관할하는 구청장과 시청의 관계 공무원도 동석했고, 연변 체육계 인사라는 40대로 보이는 동포 한 사람도 합석했다. 모처럼 대구에서 열리는 큰 대회인 데다, 대회도 성공적으로 마무리되고 있어 분위기가 좋았고 참석자들도 고무되어 있었다.

　이런저런 얘기들이 오갔는데, 역시 북한 사람들에 관한 화제부터 시작되었다.

　"북한 미녀 응원단의 현수막 철거 뉴스 보셨죠?"

김정일 위원장 사진이 든 현수막이 비에 젖은 채 매달려 있는 것을 본 응원단이 벌인 소동을 두고 하는 말이다. 그녀들은 일제히 소리 지르며 버스에서 내려 우리 장군님 사진을 왜 길가에 걸어둬 젖게 하냐면서 현수막을 떼 고이 접어들고 눈물을 흘렸던 것이다.

　"참, 대단하데요. 어떻게 저럴 수가 있나 싶었어요."

　"남한 사람들에게 우연히 그들의 진짜 모습을 보여준 건데, 일종의 천기누설 같은 거 아닐까요?"

　"그럼, 그 예쁜 얼굴에 방긋방긋 피어나던 웃음은 본모습이 아니란 말인가요?"

　"그건 가면이죠. 오늘 뜻하지 않게 그걸 벗은 거죠."

　"우리가 기대한 것은 인간의 얼굴, 동포의 얼굴, 남남북녀의 얼굴이었는데 그들이 보여준 것은 체제의 얼굴, 이념의 얼굴이었어요."

　언론사 인사가 말했다.

　"맞아요. 눈물을 흘리며 발을 동동 구르는 모습에서 정말 유일체제가 무섭다는 생각이 들었지요."

　"무슨 광신도 집단 같았어요. 그것도 신흥종교나 사이비종교 같은."

　"맞아요. 주체사상이라는 교리에다, 그걸 전파하고 지도하는 당조직에다, 또 강제할 수 있는 권력이 있으니 영생불멸의 종교지요."

"문제는, 종교의 신도들인 인민들은 조금도 주체적이지 않다는 겁니다."

"그저께 북한 기자들이 남한 보수 시민단체의 기자회견장에서 보인 돌출행동도 같은 맥락에서 이해해야 되겠죠."

"자기들 체제를 비난한다고 기자들까지 이성을 잃고 폭력 행사를 서슴지 않은 것을 보고 유일체제의 광기를 보는 듯했어요."

"어떻게 보든 북한 선수단의 참가는 이번 대회에 큰 플러스가 되었습니다."

북한과 북한 팀에 대한 곱지 않은 얘기가 계속되자, 조직위 인사가 화제를 긍정적인 쪽으로 바꾸려고 끼어들었다.

"온다, 안 온다, 하다가 아슬아슬하게 도착하고 의도적이든 아니든 분위기를 고조시켜 전 세계 언론이 관심을 갖게 한 것도 북한 팀 덕분이라고 봐야지요."

"주목하게 하였을 뿐 아니라, 의미도 부여할 수 있게 한 것이지요. 지구상 유일한 분단국가 개최에 한쪽 당사자인 북한 선수들이 빠지면 무슨 의미가 있겠습니까? 지금까지 대회 홍보도 거기에 맞추었는데."

시청 공무원도 거들었다.

"그래서 그런지, 조직위나 시에서는 북한 태도에 쩔쩔 매더군요."

"그럴 수밖에 없지요. 남북 화해 무드 속에서 어렵게 참가했는데도 걸핏하면 돌아간다고 을러대니."

"맞아요. 몇 번인가 사과까지 했잖아요. 조직위원장이다, 시장이다, 나중엔 장관까지 나서서 했지요."

"그런 과정을 지켜보면서 시민들도 다시 한 번 생각했을 거예요. 처음엔 한 핏줄이라는, 막연한 동경 같은 것이 있었잖아요."

"젊은이들도 이번에 뭔가 좀 느낀 게 있었으면 좋겠습니다."

"글쎄요. 내 생각엔 별 영향이 없을 것 같은데요."

대학에 있는 자문위원이 단언하자, 문화예술 쪽 자문위원이 이의를 달았다.

"그럴 리가요."

"그들은 미국을 불신하고 미워하기 때문에 그 반사 행태로, 미국에 적대감을 표현하는 북한 정권에 공감하고 옹호하는 경향이 있어요. 그들은 북한이 미국을 욕하고 조롱하는 데 자존심 같은 것을 느껴요. 일종의 대리만족이랄까. 그뿐인가요. 미국을 상대로 큰소리치며 핵을 만들겠다고 안 하나, 미 본토까지 날아가는 미사일을 개발 안 하나, 약소국의 설움 같은 것을 한꺼번에 날려주잖아요."

다른 학계 인사가 거들었다.

"그 바람에 우리 기성세대들만 백안시당하는 거예요. 미국에 죽어지내고, 통일할 기회가 있었는데도 못한 쭉정이들로 보는 거지요. 주체사상이라는 게 젊은이들을 파고드는 데는 그만한 이유가 있어요."

"초강대국인 미국에 그렇게 대들 수 있는 나라가 세계에 몇이나 되겠어요. 그런데 동족인 북한이 그렇게 하고 있으니 얼마나 흐뭇하겠어요. 민족적 자존심을 세워 주는 거죠."

"이라크의 후세인 정권이 독재정권이고 테러 배후세력이라 해도 그 점에 대해서는 별로 비판하지 않아요. 미국의 패권주의 측면에서만 이라크 침공을 보기 때문에 오로지 반대만 하는 겁니다."

"미국이 '공공의 적'이 되어버렸군요."

"그럼요. 반미를 말해 대통령까지 되는 나라잖아요."

학계 인사가 말했다.

"학생들이 그러면, 우리 교수님들이 잘 지도를 하셔야지요."

문화계 인사가 말했다.

"오히려 우리를 지도하려고 듭니다. 게다가 일부 학자나 교수들이 그들을 부추기거나 편승하고 있고요."

"우리 아이들의 반미 경향, 그게 사상에까지 이르렀는지는 모르겠지만 그런 의식, 그런 풍조는 어디에서 온 것일까요. 일종의 유행처럼 번지고 있거든요."

"우리가 이 정도로 경제발전도 하고 소득 1만 불을 넘게 된 것도 미국의 도움이 컸는데, 왜 다들 그러죠? 육이오 때, 미군이 유엔군으로 참전하여 수만 명의 목숨을 잃었는데 그런 희생은 아무 의미도 없다는 건지, 도무지 갈피를 못 잡겠어요."

"네. 바로 그거지요. 미국이 참전 안 했으면 통일되어 잘 살고 있을지 누가 아냐는 겁니다."

"그럼 공산국가라도 상관없다는 건가요?"

"악랄한 자본주의, 부패한 자본주의보다는 낫다, 이거겠죠."

"어떻게 이 나라가 이 지경에까지 이르렀나요?"

"그게 상당 부분 미국과 연관되어 있다고 볼 수 있습니다. 반미사상, 그게 사상이든 풍조든 말이지요. 그 뿌리는 1945년 해방정국에까지 거슬러 올라갈 수 있어요. 그러나, 보다 직접적인 계기는 1980년 5월 광주사태에서 비롯되었다고 보면 됩니다. 미국이 자국의 이익에 따라 당시 군부를 비호 내지 방조했다는 거지요. 그 이후, 탄압 속에서도 뿌리를 내린 전교조 활동에서 역사 바로 알기나 미국 실체 알기 등, 소위 의식화 교육을 통해 그 씨앗이 광범하게 뿌려진 거죠. 그 학생들이 자라 이제 거대한 파워를 형성하게 된 겁니다. 거기에다 급격한 산업화와, 고도성장의 그늘에 가려졌던 자본주의의 부정적 모습 내지 해악들이 드러나며 젊은이들을 좌경화하게 만든 것으로 볼 수 있습니다."

신문사 논설위원이 논리적으로 말했다.

"그러면 앞으로 대한민국호가 어디로 갈지 모르겠네요."

"그러나 여기에는 반동도 있게 마련입니다."

"그게 이번에 우익 사회단체와 북한 기자단과의 마찰로 현실화되었지요."

"맞아요. 보수주의자들의 위기의식을 반영한 거지요. 더 이상 방치할 수 없다는 생각이 안 들겠습니까."

"정치권에서 이런 입장들이 제도적으로 대변되고 조정되지 못하니 국민들이 직접 부딪치게 되는 겁니다."

"그걸 부추겨 국민을 편 가르고 남한 내부를 분열시켜 통일로 가자는 게, 북한정권의 일관된 전략이고요."

"외세 간섭 없이 우리끼리 자주적으로 통일하자는 게 바로 그거지요. 미군 철수를 주장하는 명분이에요. 그 명분에 젊은이들이나 일부 국민들까지 동조하는 거고."

"저러다가 미군이 손 떼고 철수하겠다면 어쩌지요?"

"자주국방 한다잖아요."

"그게 입으로 되는 게 아니잖아요."

"그러니까, 너나나나 이민 이야기를 하고……."

지금까지 오가는 얘기들을 말없이 듣고만 있던 구청장이 처음으로 입을 열었다.

"저는 그런 걱정 안 합니다. 우리 국민이 북한 체제를 결코 용납하지 않을 것이니까요. 나는 젊은이들도 믿어요. 그 체제에 속하게 되는 순간, 젊은이들이 가장 먼저 저항하며 일어날 겁니다. 그들은 이미 기성세대들은 꿈도 못 꾸던 자유와 풍요를 누리면서 성장해왔기 때문에 북한과 같은 전체주의 체제 하에서는 살아갈 수가 없어요. 이건 인간 본성에 대한 믿음인데요. 한때 광적으로 지지받던 이념도 인간을 배반하면, 그 순간 망하게 되어 있어요. 결국은 민주주의랄까, 자본주의랄까, 개인의 인권과 자유를 존중하는 체제로 돌아오게 마련이지요. 어떤 제도, 어떤 사상, 어떤 이념이든 그것이 인간에 봉사하는 것이 아니라면 오래가지 못한다는 것이죠. 얘기를 하나 하지요. 바로 제가 겪은 얘기예요."

대화가 두서없이 굴러가던 참이라, 모두들 반기며 그를 주목하였다.

"제 인생에 딱 세 번의 죽을 고비가 있었습니다. 어릴 때의 일이고 모두 공산당과 관련된 일입니다. 그 중 한 번이 바로 여기 P 논설위원님 고향 마을 앞에서의 일인데 육이오 때지요. 파죽지세로 내려오던 인민군이 포항을 먹고 대구를 향해 가면서 최일선

부대가 바로 그 마을 앞까지 내려왔었어요. 그러니까 8월 말쯤의 일입니다. 나는 그때 방학을 마치고 대구로 가던 길이었어요. 당시 우리 집은 잘살아, 대구에도 집을 한 채 사서 형 둘이 공부를 하고 있었고 어머니가 살림을 하며 뒷바라지를 해주고 계셨습니다. 나도 초등학교를 마친 뒤 대구로 나가 지금의 경북중학에 다니고 있었지요. 벼들이 패어 고개를 숙이려 할 무렵이었어요. 새벽밥을 해먹고 닭도 울기 전인 새벽 세 시에 출발했습니다. 책가방은 메고, 가면서 먹을 도시락 두 개하고 물통은 보자기에 싸서 따로 들고요. 난리 중인지라 차편이 없었지요. 가다가 트럭이라도 얻어 타면 타고 아니면 순전히 걸어서 갈 작정으로 나섰는데, 어둡기 전에 대구에 도착할 수 있다는 계산을 한 거지요. 부지런히 걸었어요. 한 번도 안 쉬고 여섯 시간을 걸었어요. 배가 고프데요. 동쪽 하늘을 벌겋게 물들이며 떠오르던 해가 어느새 산 위에 몇 발이나 올라와 있더군요. 길가 논둑에 앉았어요. 논 가운데 허수아비가 하나 서서 이빨을 악물고 있는데 참새들이 거기 와 똥을 싸며 짹짹거리고 있더군요. 그걸 보고 속으로 웃으면서 한가하게 도시락을 하나 까먹었지요. 다시 일어나서 걸었어요. 조금 후 임포 앞을 지나는데 인민군이 벌써 거기까지 내려와 있더군요. 설마 어린 나를 어찌하랴, 싶어 앞만 보고 걸어가는데 방어벽을 치고 보초를 서고 있던 인민군들이 나를 불러 세우는 거예요. 저들끼리 뭐라고 수군거리더니, 막사로 데려 가 취조를 하는데 여섯 시간이나 붙잡혀 있으면서 죽을 고생을 안 했습니까."

"……."

"먼저 소지품 검사를 하나하나 철저하게 하더군요. 가방이며 필통이며 다 들여다보고 공책은 한 장 한 장 넘겨 가면서 뭘 써 놓았는지 살펴보더군요. 나중에는 입은 옷까지 전부 벗겨 조사를 하데요. 다음에는 한 세 시간 동안 지도를 펼쳐 놓고 주변 상황을 꼬치꼬치 캐묻고 대답은 일일이 기록을 합디다. 그림도 그리고 숫자도 써넣으면서요. 주로 국군들의 주둔 위치, 병력 숫자, 움직이는 내용, 차량의 이동상황, 그리고 경찰 수는 얼마나 되며 어디를 지키고 있느냐? 미군들은 보았느냐? 등 아군에 관한 첩보를 물었어요. 긴장이 바짝 되데요. 거짓말을 하거나 적당히 둘러대서는 안 되겠다 싶데요. 까딱 잘못하여 저들의 의심을 사거나 말을 꾸미다가 허점이라도 드러나면 무사하지 못할 것 같더군요. 본 대로 다 말해주었지요. 그러고는 학교에 보내달라고 사정을 하였습니다."

"그래서요?"

"마침 점심시간이 되었나 봐요. 식사를 하라면서 주먹밥 한 덩이와 된장 푼 멀건 나물국을 한 그릇 주더군요. 도시락을 싸왔다고 하면서 그걸 먹겠다고 하자, 안 된다며 기어이 인민군 밥을 먹으라데요. 먹기가 쉽지 않더군요. 맛이 없어서가 아니라 도무지 밥이 목구멍으로 넘어가지 않는 거예요. 꾸역꾸역 억지로 밀어 넣었어요. 말 잘 듣는 착한 소년처럼 보이려고요. 점심을 먹고 나자, 이번에는 노래를 시키는 거예요. 꼬박 세 시간을요. 장백산 줄기줄기 어쩌고 하는 노래 있잖아요. 그걸 몇 번 가르치더니만 외워서 부르면 보내 주겠다는 것이었어요. 정신 바짝 차리고 불렀지요. 실수하면 안 되니까요. 틀리지 않고 부르자 이번에는 더 힘차게 부르라는 거예요. 온 마을에 다 들리도록. 그래야 풀려날 수 있겠다 싶어 더 힘껏 악을 쓰며 불렀지요. 나중에는 눈물을 줄줄 흘리며 부르다가 대장인 듯한 사람이 나오기에 보내달라고 사정을 했지요. 그가 물끄러미 내려다보더니만 가라고 하더군요. 그런데 대구로 가지 말고 집으로 가라는 거예요. 그렇게 하겠다 하고는 그곳을 빠져 나왔지요. 인민군 초소를 벗어나 경주 쪽으로 가는 척하다가, 누가 지켜보는 사람도 없는 것 같고 하여 대구로 방향을 바꾸어 싸게 걸어갔지요. 오로지 학교에 가야 한다는 생각으로요. 그때 땅! 하고 뒤에서 총소리가 나더니만 비포장 도로 위에 총알들이 먼지를 일으키며 팍, 팍, 팍, 내리꽂히는 거예요. 단순한 위협사격이 아니라 마구 갈겨대는 것이었어요. 정신없이 뛰었지요. 길 옆 나락 논으로 엎어지듯 기어들었습니다. 그러고는 무논 바닥에 바싹 엎드려 무작정 달아났지요. 마침 벼들이 자랄 대로 자라 이삭이 패고 있던 때라 제 자그마한 몸집 하나 숨기기는 좋았어요. 우묵한 벼 포기 사이로 고개 한 번 못 들고 오줌을 싸며 달아나다 한참 만에 들을 벗어나 산으로 올라갔어요. 보니까 책가방이고 도시락이고 온데간데없고 손이고 얼굴은 나락 잎에 베어 핏물이 묻어나더군요. 아직 환한 낮인데도 어디가 어딘지 분간이 안 되는 데다가 방향감각이 없어졌어요. 정신없이 헤매다가 다음 날 새벽 세 시에야 집을 찾아 들어갔어요. 희한하게도 새벽 세 시에 떠난 집을 다음 날 새벽 세 시에 돌아온 거지요. 그때부터 대구 쪽은 쳐다보기도 싫었어요. 그래서 경주중학으로 전학하여 집에서 걸어 다녔고 졸업도 하였습니다. 그래서 아마 논설위원님하고는 중학 동창일 거예요. 고등은 전쟁이 끝난 뒤, 다시 대구로 나가 경북고등을 나왔지만요."

청장이 영천 임포 들판에서 죽을 뻔한 소년의 이야기를 하는 동안, 처음엔 가볍게 듣던 나는 점점 긴장한 채 듣게 되었는데, 그건 이야기 자체에서 오는 긴장감도 있었지만 청장이 말하고자 하는 것이 무엇일까, 하는 의문 때문이었다.

"죽을 고비가 두 번이나 더 있었다고요?"

다른 사람도 그의 의도가 궁금했는지, 청장을 재촉했다.

"예. 저한테는 낳아준 어머니 외에 살려준 어머니가 또 한 분 계십니다. 그 사연을 얘기해드리지요. 임포에서 인민군과 맞닥뜨

리기 삼 년 전, 그러니까 초등학교 사 학년 때의 일입니다."

이야기는 오히려 거슬러 올라가고 있었다.

"해방 직후 국토도 38선으로 갈렸지만 이념도 좌우로 갈렸어
요. 대부분의 백성들이야 그런 이념과는 무관했지만 지도자들은
그렇지가 않았지요. 거기에다 국제질서가 냉전체제로 재편되면
서 한반도 상황은 더욱 혼란스러울 때였습니다. 꼭대기의 싸움은
밑을 움직여야 했기에, 소위 민족의 지도자라는 사람들은 공산주
의니 민주주의니 하며 일반 민중들을 세뇌하고 선동하여 내몰았
지요. 그 과정 속에서 서로 죽고 죽이는 피비린내 나는 싸움이 곳
곳에서 벌어졌는데 우리 마을도 예외가 아니었습니다. 그런데 우
리 집은 할아버지 대부터 만석꾼 집이었어요. 하기 좋은 말로 만
석꾼이라 했고 한 천석꾼 집은 된 것 같아요. 그러니 빨치산들의
표적이 되었겠지요. 아시다시피 해방 직후 혼란기에 자생적인 빨
치산들이 많이 생겨났잖아요. 어느 날인가부터 그들이 날뛰기 시
작했는데 처음에는 재물을 약탈하고 공산당을 선전하는 정도에
그쳤어요. 곧 인민이 해방되고 지상낙원이 세워진다는 거였지요.
그러다가 차츰 사람들을 헤치기 시작했어요. 뭐 인민의 적을 심
판한다는 식이지요. 처음은 필요한 것들을 훔쳐 가던 그들이 언
젠가부터 당당하게 요구하기에 이르렀어요. 해방 투쟁에 필요하
니 뭐뭐를 조달해 달라는 거지요. 우리 집도 처음 한두 번은 그들

의 요구를 들어주었어요. 치안 유지도 옳게 안 되는 미군정 시절이라 도리가 없었겠지요. 경주에는 경찰서가 있고 면에도 지서가 있었지만 손을 못 썼어요. 낮에는 경찰이 밤에는 빨갱이들이 설치는 세상이었으니까요. 경찰은 보호도 못 해주면서 그들에게 협조하면 처벌받는다며, 오라니 가라니 사람을 못 살게 하는 거예요. 그러니 주민들만 이러지도 저러지도 못하고 당하는 거지요. 어느 날, 우리 집에 그들한테서 또 기별이 왔어요. 모월 모일 모시에 우리가 갈 터이니, 소 한 마리하고 쌀 세 가마, 그리고 돈 얼마를 준비해 놓으라는 거였어요. 만약에 요구를 거절하거나 지서에 알릴 시에는 재미없을 줄 알라는 협박과 함께요. 아버지와 할아버지가 사랑에서 상의를 하셨어요. 이 사람들 요구가 끝이 없을 것 같은 데다가 한두 번도 아니고 계속 들어준다면 나라를 배반하는 것이 되었어요. 안 그래도 지서에서 우리 집을 주목하고 동태를 살피고 있는 눈치라, 이번엔 지서에 신고를 하고 더 이상 그들 요구를 들어주지 않기로 하였지요. 그들이 온다는 날 저녁, 할아버지 아버지 나 모두 따로따로 동네 사람들 집에 피신해 밤을 보내기로 하고 일찌감치 집을 비웠어요. 나는 우리 집 건너, 건너에 있는 친구 집에 가서 친구랑 자고 있었지요. 밤중에 그들이 내려오는 기척이 들렸어요. 표가 났습니다. 처음엔 개들이 요란하게 짖어대다가 차츰 짖는 소리가 끙끙 앓는 소리로 변해요.

내다보면 마당에 있던 개가 꼬리를 착 내려 깔고는 뒷걸음질해 마루 위로 올라오는 거예요. 올라와서는 겁에 질려 신음소리를 내며 옳게 앉지도 못하고 비실비실해요. 그러면 마을 사람들은 밤손님이 온 것을 알지요. 모두 잠에서 깨어 있지만 아무도 이불 밖으로 나오지는 못해요. 그냥 귀만 쫑긋 세워 가지고 바깥을 살 피는 거지요. 오늘은 뉘 집을 털어 가나, 혹 우리 집 골목으로 들 이닥치지는 않나, 하며 귀 기울이지요. 나도 잠에서 깨었어요. 그런데 그냥 거기서 잤으면 괜찮았을 터인데, 뭐가 그리 궁금했던지 방문을 열고 나와 집 쪽으로는 못 가고 집이 내려다보이는 마을 뒤 보리밭으로 갔어요. 그런데 운이 없게도 하필 빨치산 하나가 거기에 몸을 숨기고 마을의 동태를 살피다가 나를 붙잡은 거예요. 놈이 무슨 신호를 하니 패거리들이 대번에 쫙 모여드는데 이제 죽었구나 싶대요. 여러 놈이더군요. 보통 네댓씩 조를 이루어 다니는데 그 날은 일여덟쯤 되데요. 그 중에 내가 누군지 아는 놈이 있었나 봐요. 나를 끌고는 우리 집으로 내려가더니 네 애비, 네 할애비 있는 곳을 대라고 하더군요. 모른다고 했지요. 처음에는 그냥 얘기만 좀 하고 갈 거라면서 어르다가, 말을 안 듣자 네가 살고 싶으면 불어라더군요. 계속 모른다고 하자 이 악질 반동 놈의 새끼, 정말 못됐구만. 너는 오늘 죽었다! 하면서 나를 끌고 마을 앞 정자나무 아래로 가 묶어 놓고, 횃불을 환히 밝혀 들고는 온 동네 사람들을 소리해서 불러 모우는 거예요. 인민재판이라는 걸 하는 거지요. 사람들이 모이자 인민의 고혈로 호의호식하면서 어쩌고, 죄상을 죽 나열하면서 인민의 이름으로 처단한다. 이의 있나? 하더군요. 아무도 나서는 사람이 없데요. 나무에 새끼줄로 친친 묶인 채 겁에 질린 한 소년을 두고 모두들 묵묵부답인 거예요. 그러자 놈들은 더욱 기고만장하여 불빛에 번뜩이는 시퍼런 낫을 높이 치켜들고, 앞으로 이 반동 일가를 숨겨 주거나 소재를 알면서도 신고하지 않는 사람은 이렇게 처단한다면서 새끼줄을 한 가닥씩 치면서 위협하는 거예요. 그러고는 마지막으로 묻는다면서, 시퍼런 왜낫을 모가지에 겨누고 식구들이 어디 숨었는지 말하라더군요. 그래도 모른다고 했지요. 도저히 안 되겠다 싶은지 낫을 번쩍 치켜들었어요. 막 내려치려는 순간 땅! 땅! 하고 총소리가 났어요. 낮에 신고를 받은 지서 순경들이 안 와 볼 수가 없어 조심조심 올라왔다가 정자나무 아래 광경을 본 거예요. 무서워서 접근은 못 하고 공포 두 방을 쏘아 댄 것이었어요. 빨치산들이 잠깐 당황했나 봐요. 들고 있던 낫과 죽창을 내던지고 어깨에 멘 총을 잡고 몸을 낮추며, 어둠 속 보이지 않는 적을 살피며 전투 준비를 하는 거예요. 그때 나무 가까이 서 있던 어떤 아주머니가 얼른 나를 자기 치마 밑으로 끌어 당겨 숨겼어요. 묶었던 새끼줄이 다 끊어진 상태니 그게 가능하였고 또 내가 몸집이 워낙

작으니 들키지 않을 수가 있었어요. 마을 아낙의 캄캄한 치마 속에서 얼마의 시간이 흘렀는지 몰라요. 아마 잠시 동안이었겠지만 나한테는 절체절명의 시간이 흘러갔어요. 저쪽에서 더 이상 움직임이 없으니 경계는 하면서도 처형을 끝내려는 듯 나를 찾았어요. 그런데 내가 없거든요. 나무 위에도 없고 나무 밑에도 없고 아무리 둘러봐도 없는 거예요. 그러니 약이 올랐겠지요. 쥐새끼 같은 놈, 그새 도망쳤구만! 반동 놈의 새끼 잡히기만 해봐라. 그러고는 마을 뒤쪽으로 사라졌어요. 조금 있으니 경찰이 올라왔어요. 그제야 사람들이 움직이기 시작했고 나도 캄캄한 치마 밑에서 나왔지요. 그때 그 아주머니가 나를 구해주지 않았더라면 오늘 여기서 여러분도 뵐 수가 없었겠지요."

또 한 차례 이야기를 끝내고 청장이 사람들을 돌아보며 잔잔히 웃었다. 모두들 초등학교 4학년짜리 소년이 당한 생사의 고비를 따라가면서 긴장했나 보았다. 서로 맥주를 따라 주고 마시는데, 술을 잘하지 않는 청장도 한 모금 마셨다.

"그런 일이 있었군요. 정말 죽을 고비를 용케 넘기셨습니다."

"어떻게 바깥으로 나올 생각을 하셨어요. 참 간도 크셨어요."

자리를 오가며 시중을 들고 있던 마담이 동정심 가득한 목소리로 말했다.

"글쎄요. 간이 컸는지 어리석었는지 모르겠어요. 딴에는 집이 걱정되데요. 이놈들이 빈집에 쳐들어와서 무슨 난장판을 벌이나 싶어 공연히 애가 쓰이는 거예요. 또 저들이 어린 아이를 어찌하랴 싶기도 했고요."

"그때 어른들은 손자가 당하고 있는 사실을 몰랐던가요."

"예. 전혀 모르셨대요. 골목마다 다니면서 사람들 모이라고 해도 무슨 사상 학습이나 하는 줄 알았지, 설마 당신 자식이 인민재판 받고 있는 줄은 생각 못 하신 거지요. 숨어 있기로 한 친구 집에서 자고 있는 줄 알았답니다."

"나머지 얘기도 마저 해주시지요."

적잖은 긴장과 흥분을 느끼며, 어른이 되어서도 여전히 작은 구청장을 바라보며 내가 말했다.

"그 사건이 있은 얼마 후, 다시 그들한테서 기별이 왔어요. 지난번 못 가져 간 것 외에 별로 몇 가지를 더 얹어서 준비하라는 거였어요. 저번에는 어떻게 위기를 넘겼지만 이번에는 온 가족이 고민에 싸였어요. 생각다 못해 또 지서에 가서 의논하기로 했어요. 어른이 동네 밖을 나가면 신고하러 간다고 의심받기 십상이라, 이번에는 제가 갔어요. 경찰은 이번에도 같은 말을 했어요. 절대로 협력하면 안 된다, 어떻게든 견뎌야 한다며 몇 번씩이나 다짐을 하는데, 무슨 대책을 내놓는 것도 아니고 참 갑갑하데요. 집에 돌아와 말씀드리니, 저번에 출동해서 도움도 받고 했으니 이번에도 경찰 말대로 어떻게 한번 버티어 보자고 하시데요. 그런데 이번에는 마을 사람들이 슬슬 피하는 눈치였어요. 무슨 해코지를 당할지 알 수 없었으니까요. 결국 할아버지는 어머니와 형들이 있는 대구로 잠시 가 계시고 아버지와 나만 밥해 주는 할머니 한 사람하고 남았어요. 대신 아버지는 집 안에 몇 군데 은신처를 마련하여 그들이 나타나면 언제든 숨을 수 있도록 대비를 하고요. 온다던 날 그들은 오지 않았어요. 경찰의 동태를 파악하고 있었던 것 같아요. 며칠 뒤, 기별이 또 왔어요. 마당에 쪽지를 던져놓는 거지요. 이제 날짜를 지정하지 않고 보름 안으로 갈 터이니 뭐뭐를 준비해 놓으라는 식이었어요. 그러던 어느 날 밤중에 그들이 들이닥쳤어요. 아버지는 은신처로 준비해둔 장작더미가 쌓인 마루 밑으로 기어 들어가 숨고, 나는 불을 끄고는 벽장 속에 들어가 이불 밑에 숨었어요. 집에 사람들이 없는 것을 안 놈들이 집 안을 샅샅이 뒤져 나갔어요. 이번에도 내가 발각되어 마당에 끌려 나왔어요. 놈들은 번번이 보급품을 준비하지 않은 이 반동 가족을 용서할 수 없는 듯했어요. 지난번 그만큼 당했으면서도 정신을 차리지 않은 데 대해 배신감과 함께 분노를 느끼는 것 같았어요. 우물가 감나무에 나를 꽁꽁 묶었습니다. 할애비와 애비 숨은 곳을 대라고 하더군요. 그렇지 않으면 대신 너를 죽이겠다면서요. 그들의 태도가 심상치 않데요. 숫자도 지난번보다 더 많아 열대여섯쯤 되었어요. 놀랍게도 아는 얼굴이 있었어요. 한동안 우리 집에 머슴 살던 청년이었어요. 그가 대장인 듯했어요. 그들이 어느 마을에 밤손님으로 나설 때는 다른 마을 사람들을 보내요. 한두 사람 길잡이만 마을 출신들을 딸려 보내지요. 그런데 이번에는 대장이 직접 온 거였어요. 단단히 벼르고 온 거지요. 놈들이 칼과 낫과 몽둥이로 위협하더군요. 자고 있어서 아무것도 모른다는 말만 되풀이했어요. 화가 난 대장이 열을 세겠다며 그때까지 대답 안 하면 집에 불을 지르겠다고 하더군요. 모두들 조용한 가운데 하나, 둘, 수를 세는 대장의 목소리만 귀에 광광 울리데요. 경찰은 소식 없고, 사방은 고요해 마을은 쥐 죽은 듯한데 나뭇가지를 흔드는 바람소리 사이로 부엉이 우는 소리만 부엉부엉 들리데요. 내게서 아무 대답이 없자, 놈들이 집에 불을 질렀어요. 그런데 기와집이 잘 타지가 않잖아요. 마당의 짚비까리에 불을 붙였어요. 불길이 확, 일면서 온 집 안이 환해지며 뜨거워오더군요. 대장이 아버지 함자를 부르며 큰 소리로 말했어요. 김 아무개, 어디 있는지 다 안다. 열 셀 때까지 안 나오면 네 새끼는 내 손에 죽는다. 그러면서 내 목에 낫을 겨누며 하나, 둘, 셋, 셌어요. 아홉, 열, 하면서 낫을 쥔 대장의 손이 위로 쳐들릴 순간이었어요. 나는 이제 참말로 죽는구나, 싶어 눈을 꼭 감았어요. 그때 나, 여기 있다! 하시며 마루 밑에서 아버지가 기어나오셨습니다. 놈들은 순순히 손을 들고 나온 아버지를 마당 가운데 세워 놓고 낫으로 그대로 살해했어요. 그러고는 무슨 인민 공화국 만세를 부르더니 어둠 속으로 사라졌어요. 아버지가 목에서 피를 분수처럼 뿜으며 마당에 쓰러지셨어요. 시름시름 타고 있던 집은 제법 불길을 내며 타고 있고요. 그런데 나는 감나무에 꽁꽁 묶인 채로 보고만 있었어요. 살려달라고 고함을 쳐야겠는데 소리가 나오지 않아요. 목에 불덩이 같은 것이 꽉 막혀서 아무리 고함을 지르려고 용을 써도 소리가 안 나오는 거예요. 입을 벌리고 그저 숨만 헐떡거렸어요. 생각해 보세요. 집은 불타고 아버지는 발밑에서 피를 뿜으며 죽어가고 있는데, 내가 할 수 있는 것은 사람들을 불러 구조를 요청하는 것뿐이잖아요. 그런데 그것조차 소리가 안 나와 입만 뻥긋거리고 있었으니, 얼마나 절망스러웠겠어요. 그때 마을 사람들이 하나 둘 나타났어요. 무슨 일이 일어났는지 보았지요. 한편으로는 불을 끄고 또 한편으로는 눈동자를 뒤집고 숨만 헐떡이는 나를 감나무에서 풀어 주었어요. 나는 아버지에게로 엎어졌어요. 아버지는 아직 숨이 붙어 있었습니다. 아버지 목 밑으로 손을 밀어 넣어 안았어요. 벌써 몸은 식어 가는 중이었고 온몸을 적신 피에서는 비린내가 확 풍기더군요. 아버지를 부르려고 아아아 하고 있는데, 죽은 듯이 늘어져 있던 아버지가 눈을 뜨시고 나를 물끄러미 바라보셨어요. 그러고는 눈을 감으셨습니다."

좌중에서 깊은 한숨과 탄식 소리가 들려왔다. 짧은 동안 무거운 침묵이 흐른 뒤 청장이 다시 말을 이었다.

"아버지는 나를 살리기 위해 마루 밑에서 나오신 것이지요. 마루 뒤에 파놓은 통로로 도망치실 수도 있었는데 내 대신 돌아가신 겁니다. 비보를 접한 가족들이 대구에서 달려오고 친척들이 모여들어 장례를 치렀어요. 나는 그 뒤 석 달 동안이나 넋이 빠져 있었습니다. 학교로 간다고 가는데 전혀 엉뚱한 데 가 있는 거예요. 산 속을 헤맬 때도 있고 들 가운데를 헤맬 때도 있었어요. 아버지 무덤 앞에 가 있을 때도 있고요. 아버지를 마을 뒤 선산에 묻었지만 사실 어린 내 가슴에 묻은 거지요. 얼마간의 시간이 지난 뒤, 정신도 돌아오고 겉으로는 그런 대로 정상적인 생활로 돌아온 것 같았어요. 어머니와 형들은 대구로 가고 할아버지와 나는 전처럼 고향에 남아 집을 지키며 살았어요. 다만 그런 일을 두 번씩이나 당하고 난 뒤라 그런지, 그 뒤로는 애가 많이 달라졌다고 했습니다."

"그 이후 빨갱이들은 더 이상 내려오지 않았나요. 다른 해코지는 없었고요?"

"그런 셈이지요. 아버지를 징치한 마당에 더 이상 뭐를 어떡하겠습니까. 한동안 마을이 조용했답니다. 특히 내가 정신이 나간 석 달 동안은 그랬지요."

"그 뒤 무슨 일이 또 있었습니까?"

"있었지요. 이번에는 그들이 응징을 받았습니다."

"어떻게요?"

"내가 정신을 차리고 난 뒤, 동네에 빨갱이로 짐작되는 집들을 감시하기 시작했어요. 우선 빨갱이 대장 집부터 감시했지요. 남자들이 대구나 부산으로 돈 벌로 갔다며 오래 집을 비운 집들 하고요. 이놈들이 틀림없이 남은 가족들하고 연통이 있을 거라 생각한 거지요. 경찰들도 그 사건 이후, 병력도 보강하고 화력도 보강하여 경비를 강화한 탓인지 한동안 빨갱이들이 꿈쩍을 안 하데요. 놈들이 얼마 전까지 설치고 다닌 것이 마치 거짓말 같았습니다. 그래도 포기하지 않고 빨갱이 집들을 오며 가며 살폈어요. 그들이 눈치 못 채게 숨어서요. 그러던 어느 날, 아니나 다를까, 해거름 할 무렵에 빨갱이 대장 노모가 보따리 하나를 들고 쭈뼛쭈뼛 삽짝을 나서는 것을 보았어요. 숨어서 살금살금 따라갔지요. 그때나 지금이나 내가 몸집이 작다 보니 남의 눈에 안 띄고 쉽게 미행을 할 수 있었습니다. 빨갱이들 소굴은 예상한 쪽 산 속에 있었어요. 그들은 내려올 때나 도망칠 때나 언제나 소굴 반대 방향으로 움직여요. 그래야 소굴이 안전할 수가 있으니까요. 한동안 엉뚱한 방향으로 가는 척하던 노파가 평소 의심 가던 쪽으로 발길을 돌립디다. 옳거니! 하고 계속 따라 올라가는데, 갑자기 어디서 나타났는지 불쑥 한 남자가 노파 앞에 나타나 보퉁이를 받고 다른 보퉁이 하나를 주는 거예요. 빨래 보따리였어요. 산 속에서 빨래를 빨아 널어놓을 수는 없었던 거지요. 노파가 내려가고 난 뒤, 나는 또 옷 보퉁이 든 놈을 따라갔어요. 조금 더 올라가더니 어디로 쑥 사라지데요. 다음 날, 경찰서를 찾아갔어요. 우리 면의 지서 말고 경주 경찰서로 바로 갔어요. 가서는 빨갱이한테 죽은 어느 마을 누구 아들인데 서장님한테 알릴 게 있어 왔다고 하니, 서장이 자기 방으로 부르더군요. 당시 스물아홉 살의 패기만만한 청년 서장이었어요. 그 쌍권총으로 유명한 분이었는데 대면하고 보니 믿음이 가데요. 서장은 그동안 내가 정탐해온 것을 커다란 지도 위에 표시를 하고, 그림을 그려 가며 몇 번씩이나 묻고 확인하더니 내 어깨를 두드리며 말하더군요. 김군! 참 장하이, 이제 우리랑 함께 아버지 원수를 갚으세나. 그러면서 이틀 뒤 아침 몇 시까지 외동 지서에서 기다리라고 하더군요. 약속한 시간이 되자, 당시 경주 부근에 주둔하고 있던 군인들과 경찰 병력 구십 명이 무장한 채 군용 트럭 세 대에 분승하여 올라오데요. 나를 보더니 서장이 자기 차 운전석 옆에 태우고는 길을 안내하게 하였습니다. 빨갱이 소굴이 있는 산 아래 차를 세우고는 대오를 이루며 걸어 올라가다가 소굴로 짐작되는 골짜기 밑에서, 나보고는 위험하니 더 올라오지 말고 바위 밑에 숨어 기다리라고 하더군요. 서장에게 소굴로 짐작되는 곳을 한 번 더 일러주고는 바위 밑에 숨어 있었습니다. 좀 있으니 소탕작전이 시작되었나 봐요. 총소리가 콩 볶듯이 들리는데 이제 아버지 원수를 갚겠구나, 하는 생각과 함께 문득 그 날 밤 힘없이 눈을 감으시던 아버지 모습이 떠오르며 눈물이 쏟아지데요. 울면서 그러고 있는데, 경찰 한 사람이 나를 부르러 왔어요. 확인을 좀 해달라는 거예요. 단걸음에 따라 올라가니 은폐가 잘된 굴 입구가 나왔어요. 군인과 경찰들이 주변을 수색하는 가운데, 굴 안으로 들어가니 매캐한 화약 냄새 속에 피비린내가 물씬 나더군요. 서장이 여전히 옆구리에 쌍권총을 차고 주검들을 점검하다가 나를 보더니 씩 웃으며 말하데요. 김군! 아버지 원수가 있는지 찾아봐라. 얼굴을 하나하나 살펴보니 낯익은 얼굴들도 있어요. 우리 마을 사람 몇도 있고 이웃마을 사람들도 있었어요. 그런데 대장의 시체는 보이지 않았어요. 내가 대장은 없다고 말하니, 서장이 혀를 차더군요. 이 살쾡이 같은 놈이 도망쳤구나! 전부 서른일곱 놈을 사살하는 전과를 올렸다며 서장이 말했습니다. 그러면서 김군이야말로 애국자다. 이번에 큰 공을 세웠다. 상부에 보고하여 표창토록 하겠다. 원수는 외나무다리에서 만나는 법, 피해 갈 수는 없다. 당당하게 맞서야 한다. 대장의 소식을 듣거나 마을에 수상한 움직임이 있으면 즉각 알려야 한다. 항상 경계하고 몸조심해라. 기개에 찬 서장의 이 말은 어린 내게 큰 감명을 주었고 격려가 되었습니다. 오랜 세월이 흐른 지금도 그의 말대로, 어려움을 피하지 않고 당당하게 맞서는 자세로 살려고 노력하고 있지요."

청장이 이야기를 끝내자, 사람들은 누구 입에서랄 것도 없이 한숨이 터져 나왔다. 오십여 년 전, 열두서너 살의 초등학생이 겪어내야 했던 민족의 비극 앞에 숙연하지 않을 수 없었던 것이다.

청장이 다시 입을 열어 마지막으로 하고 싶은 말을 했다.

"따라서 이민 갈 궁리를 할 것이 아니라, 나라를 지킬 궁리를 해야 한다는 것입니다. 피 흘려 지킨 나라, 땀 흘려 이룬 번영을 누구 좋으라고 포기한단 말입니까? 여기 연변에서 오신 동포도 계시는데 그런 말씀하면 안 되지요."

모두들 고개를 끄덕이는 가운데 이야기는 후일담으로 옮겨갔다.

"그 뒤 빨치산 대장은 어떻게 되었습니까?"

"그 뒤로는 못 보았어요. 내 생각으로는 그때 월북한 것 같아요. 자신의 정체가 노출된 데다가 대대적인 소탕작전으로 활동 거점을 잃었으니까요."

"월북했다고요? 그럼 그 뒤, 육이오 때 안 내려왔습니까?"

"그때 북한군이 여러 전선에서 밀고 내려왔으니, 어느 쪽에서

든 일선에서 남하했겠지요. 그러나 우리 마을에는 안 나타났어요. 낙동강 방어선에 걸려 못 넘어왔거나 적화가 눈앞에 있었으니 서두르지 않았을 가능성도 있고요."

"그 후로는 아무런 소식도 못 들었습니까?"

"60년대 한일국교 정상화 후, 조총련을 통해 노모에게 안부를 전했다는 소문이 있었어요. 알 수는 없지만 북한에서 상당한 직책을 가지고 활동하고 있다더군요."

"아, 그러면 앞으로 고향 방문단에 끼여 내려올 가능성도 있겠는데요."

"그래서 요즘 남북관계에 관심이 많이 가요. 북측 방문단의 명단도 자세히 훑어보고요. 아직까지는 이름이 없더군요."

"그럼 그럴 가능성도 있다는 이야기인데, 여태 안 죽고 살아 있을까요?"

"그럼요, 아직 일흔 대의 나이니까요. 방문단에 끼일 가능성도 충분하지요. 남한 출신인 데다 고령자 위주로 한다잖아요."

"반세기 전의 역사가 바로 오늘의 현실로 다가오고 있네!"

"만약 그가 고향 방문을 위해 내려온다면, 청장님은 어떻게 하시겠습니까?"

"나는 정부의 햇볕정책이나 대북 정책에 대해 뭐라고 왈가왈부할 입장도 아니고 전문가도 아니에요. 그렇더라도 내 의견을 말씀드린다면 전쟁을 막고 통일을 위해 남북화해나 햇볕정책은 필요하다고 봅니다. 더구나 이산가족의 한을 생각하면 더욱 그렇지요. 민족이 하나라는 것을 인식하고 상호이해와 공존을 바탕으로 한 통일 노력들이 계속되어야 합니다. 그 연장선상에서 상호 불가침 조약이라든지 휴전협정을 대체하는 평화협정 체결 등, 여러 정책들이 수립되고 실천되면 마침내 남북도 통일되겠지요. 그러나 그것은 끝이 아닌 시작일 뿐이라는 겁니다. 개인 간의 은원(恩怨)은 여전히 남아 있지요. 이를테면 우리 집과 대장과의 관계 같은 것인데요. 그런 피맺힌 개개인들의 은원을 해결하지 않고는 진정한 화해나 통일은 불가능하지요. 설령 남북 쌍방의 책임 있는 당국자 간에 합의가 있어 평화가 선언되고 통일이 선포된다 한들, 50여 년 전, 저의 가족에게 일어났던 일이 없어지는 것도 아니고 아버지나 저의 원한이 치유되어 눈 녹듯 사라지는 것도 아니라는 겁니다. 어쩌면 개인들 간의 화해가 먼저 추구되어야 할 일인지도 몰라요."

"그런 개인 간의 은원은 어떻게 해결할 수 있을까요."

"원한의 씨앗을 뿌린 자가 그걸 씻어내고 풀어내는 절차를 밟아야겠지요. 말하자면 씻김굿 같은 의식인데요. 그가 아버지 무덤 앞에 엎드려 사죄하고 우리 자손들에게도 용서를 빌어야 안 되겠어요? 그것 없이 고향 방문단 아무리 오고간들 무슨 소용이 있겠습니까. 상처만 더 깊어지지."

청장의 말은 차분했으나 목소리에는 아직도 식지 않은 분노가 남아 있었다.

"그런 은원의 해결 없이 대장이 고향을 방문한다고 찾아오면 어떻게 하시겠습니까?"

누군가 현실적인 문제를 묻자, 청장이 바로 대답했다.

"용납할 수 없지요."

"그래도 내려오면 어쩌실 건데요?"

"내 아버지에 대한 죗값을 물을 것입니다."

"일개 개인 차원에서 그게 가능할까요. 정부에서 신변보호도 할 것이고, 결과에 따른 처벌도 있을 것인데."

"그렇다고 그가 고향에 와서 다시 만세를 부르게 할 수는 없지 않겠어요. 어떻게 그걸 용납할 수 있겠습니까? 지금 되어 가는 꼴을 보면, 틀림없이 개선장군처럼 내려와 생가를 둘러보고는 자기 어머니 산소에 가서 성묘도 하고 반세기 만에 밟아보는 고향 땅을 굽어보며 감개무량해할 터인데, 자식 된 도리로, 또 그 일을 직접 눈뜨고 당한 처지로, 어떻게 나라가 허락한 일이라고 그냥 모른 체하고 넘어갈 수 있겠어요. 그건 억울하게 죽은 숱한 주검 위에서 만세 부르게 하는 일이나 마찬가지입니다."

청장의 목소리는 떨렸으나 단호했다. 그의 말 속에서 우리는 확고한 신념과 의지를 읽을 수 있었다. 모두 마음이 무겁고 착잡했다.

그때, 구석에서 있는 듯 없는 듯하던 연변 동포가 자신을 드러내며 한마디하였다. 목소리가 쉰 듯 잠겨 있었다.

"그 북으로 갔다는 대장이라는 사람의 성과 이름을 기억하겠습니까?"

모두들 시선이 그를 향했다. 그는 매우 당혹한 표정으로 자제력을 잃지 않으려고 애쓰는 모습이 역력했다.

"잊을 수가 없죠. 이름까지는 내 입에 담고 싶지 않고, 성씨는 천가였어요."

연변에서 온 동포의 얼굴에 경련이 이는 것을 보는 순간, 갑자기 내 뒤통수를 치며 떠오르는 생각이 하나 있었다. 과연 이 사람은 누구이며 정체는 무엇일까? 어쩌면 그는 빨치산 대장을 알고 있을 뿐 아니라 어떤 식으로든 그와 관련이 있지 않을까? 하는 의문이었다. 그가 연변 동포라는 것은 아마도 거짓일 것이다. 이번 대회에 참가한 북한 인사일 가능성이 더 많은 것이다. 그렇다면 그가 왜 이 자리에 왔는가? 혹, 과거 군부정권의 지역적 기반이자 남한 내 가장 보수적인 대구 시민들의 의식을 직접 파악하고 접해 보기 위한 것은 아닐까? 하는 추측이 뒤따랐다. 나의 이런 추론은, 처음엔 미소를 잃지 않고 이런저런 얘기들에 흥미를 보이며 귀를 열어 듣고 있던 그의 태도가, 청장의 얘기가 진행되면서 눈에 띄게 굳어지던 것으로도 뒷받침되었다. 만약, 그가 북에서 온 사람이 확실하다면—물론 그럴 가능성은 충분하고 그게 무슨 문제가 되는 것도 아니다. 그들은 열흘 이상 이곳에 머물면서 관계자들은 물론, 언론이나 시민들과도 접촉을 가져왔으니까—나아가 대장이라는 사람과 어떤 식으로든 관계있는 사람이라면, 그가 대장의 고향 가까운 곳에서 열리는 유니버시아드에 관계자로 참가하여 그곳 소식을 알아보고자 했을 가능성 또한 충분히 있는 것이다. 생각이 여기에까지 이르자, 나는 알 수 없는 흥분으로 숨결이 뜨거워졌다. 거기에다 어쩌면 청장이란 사람도 이 모든 가능성을 짐작하고 자신의 개인사를 이야기했을지도 모른다는 생각까지 들었다. 나는 두근거리는 가슴을 억누를 수가 없었다.

조직위 측 사람이 갑자기 서두르기 시작했다.

"자, 오늘은 이쯤하고 끝내도록 하겠습니다. 그간 애써주신 여러분들과 함께 술도 마시고 즐거운 방담도 나눌 수 있어 정말 유익했습니다. 마지막으로 잔을 채워 우리나라를 위해, 또 우리 민족을 위해, 건배를 들도록 하겠습니다. 자, 위하여!"

잔 부딪치는 소리와 함께 '위하여!'가 터져 나왔다.

그리고 모두 일어섰다. 청장도 일어섰다. 정말 자그마한 사람이었다. 그러나 나는 그가 결코 작게 느껴지지 않았다. 역사 속의 거인과 대면한 느낌이었다. 나아가 인간 본성에 내재하는 어떤 선량하고 거대한 힘의 뿌리와 직면한 기분이었다. 바로 그런 힘이 시대의 광기에 맞서 인간의 존엄성을 지켜내는 보루 같은 역할을 할 것이었다. 나는 인간과 역사를 믿고 그것에 기댈 수 있으리라는 생각이 들었다. 나는 그를 바라보며, 우리 속의 수많은 거인을 위하여 마음으로 다시 한 번 건배하지 않을 수 없었다.

'거인을 위하여, 건배!'

나도羅稻 씨의 마지막 휴일

언제부터인가 사람들은 노는 날에는 일하지 않는다. 더구나 휴일이나 국경일 같은 날에는 악착같이 논다. 학교나 관공서는 물론, 은행이나 우체국, 문구점, 대부분의 동네 의원이나 약국들도 문을 닫는다. 일반 회사나 공장, 조그마한 개인 사무실까지도 문을 닫는다. 사람들은 가능하다면 공일이 아니어도 문 닫는 것을 좋아한다. 그러고는 놀러 가는 것이다.

그러므로 공휴일은 공공연하게 노는 날이다. 공휴일에 일하는 바보는 더 이상 없다. 한동안 사람들은 개미같이 일하며 돈 버는 일에 매달렸다. 그러던 것이 어느 때부터인가는 갑자기 베짱이같이 노는 일에 열심이었다. 그들은 오로지 먹거나 마시고 노는 일에 빠져들었다. 정확히 말하면 보릿고개를 극복한 60년대와 70

년대, 80년대 중반까지는 대부분의 국민들은 개미로 살았다. 그러다가 5공 시대의 선진조국을 넘어 88올림픽이 서울에서 개최되고 위대한 보통 사람들의 시대가 열리면서 모든 것이 달라졌다. 사람들은 모두 베짱이가 되었다. 그리고 이런 풍조는 OECD 가입에 때맞춰 불어닥친 개방의 물결을 타고 국제화, 세계화되어 갔다.

아침 일찍 집을 나온 나도(羅稻) 씨도 다른 사람들처럼 휴일 속으로 들어간다. 휴일 속은 뻥 넓게 뚫린다. 휴일 속은 넓고도 깊다. 모든 여가와 잠과 꿈과 게으름이 그 속에 있다. 전국의 산과 들과 바다와 계곡도 그 속에 있다. 나도 씨는 자기 집 골목을 나와 맞은편 아파트 단지 앞을 지나간다. 아파트 상가 골동품 가게에는 눈에 익은 이런저런 골동품들과 함께 오늘 아침 처음으로 선을 뵈는 통나무 여물통들이 나와 있다. 저런 것들도 돈이 되다니, 세상 참 좋아졌다는 생각을 다시금 한다. 시골에서는 그저 갖다 버리는 물건들 아닌가. 고물상들이 돌아다니며 수집해 왔을 그것들은 커다란 아가리를 벌리고 있다. 햇살이 입새를 적시며 조금씩 안으로 기어든다. 오랫동안 여물을 담지 못한 통들은 허기져 보인다. 무엇이든 삼킬 듯 속이 깊고 어둡다.

터미널 앞을 지난다. 고속버스 터미널엔 전국으로 가는 고속버스들이 줄지어 서 있다. 대전, 서울, 부산, 진주, 마산, 광주, 전주,

경주, 포항, 강릉, 속초, 울산 등. 승객들 또한 여기저기 줄 서 있다. 그들은 모두 어디론가 떠나기 위해 서 있다. 저마다 울긋불긋한 옷차림에 배낭을 들거나 메고 있다. 대체로 무리지어 떠나거나 끼리끼리 짝지어 떠난다. 집단으로 떠나 집단으로 놀고 집단으로 돌아오기 위하여. 그들은 또 하나같이 모두 즐겁고 들뜬 표정을 짓는다. 일상을 벗어난다는 것은 개들도 즐거운 일이니까.

나도 씨도 그곳에서는 여행객 중의 하나인 것 같다. 그는 줄 서 있거나 차표를 들고 왔다 갔다 하거나 차를 기다리며 서거나 앉아 있는 사람들 중의 하나가 되어 있다. 가까운 경주로 가는 사람들이 가장 많다. 신라 천 년의 고도(古都)는 넓고 깊을 것이다. 승객들이 만든 줄이 가오리연의 꼬리처럼 길게 움직이고 있다. 나도 씨도 그 중 어느 한 줄의 끄트머리에 서 있다. 승차 차례가 가까워지자 마치 깜박 잊고 온 것이 생각난 것처럼 줄을 빠져 나온다. 나도 씨는 동대구역으로 올라간다.

사람들은 동대구역에도 붐빈다. 역을 향해 몰려드는 택시나 자가용 또는 버스나 승합차 속에서도 붐빈다. 사람들은 모두 기차를 타려고 역사 속으로 빨려들 듯 들어간다. 모두들 휴일 속으로 들기 위해, 공일을 공치지 않고 즐겁고 신나게 보내기 위해, 저마다 전국의 산과 들과 바다를 찾아 아침부터 서두른다.

몇 사람의 여자들이 역사의 유리창을 닦고 있다. 전부 나이가

든 아줌마들이다. 하기야 젊은 여자들이 휴일에 유리창이나 닦고 있을라. 그런데 그네들도 일하는 기색이 아니다. 그냥 할일이 있어서라기보다는 놀 일이 없어서인 것 같다. 실실 웃으면서, 걸레질은 시늉이나 내며, 뒷짐 지고 서 있는 역무원과 농담이나 주고받는 듯하다. 역무원이 담배를 피운다. 역무원은 금테 모자를 쓰고 있고 여자들은 머리에 수건을 쓰고 있다. 담배 연기가 유리창 너머로 비어져 나오는 것 같다. 키들, 키들, 웃는 여인들의 웃음도 비어져 나온다. 봄이다. 봄, 봄, 새봄이다. 나이 든 그네들에게도 봄이 온다고 먼먼 하늘을 향해 손 흔드는 것 같다. 유리창의 높은 데를 닦기 위해 의자 위에 올라서기도 하고 낮은 데를 닦기 위해 납작하게 엎드리기도 하며 유리를 닦고 있는 그들도 꽃이다. 그럭저럭 말갛게 드러나는 유리창 속에서 하나 둘 돋아나는 주름진 꽃이다.

동대구역에는 사람들만 붐비는 것이 아니다. 가지런한 의자들도 붐빈다. 그런 의자들은 역전 광장 곳곳에서 붐비고 대합실 안에서도 모여 앉아 붐비고 플랫폼에서도 옹기종기 붐빈다. 나도 씨는 역사 바깥의 비어 있는 한 의자에 앉는다. 의자들은 우선 울긋불긋하다. 나들이 인파들의 옷 색깔과 닮았다. 또 그것들은 아주 매끈한 몸매를 가졌다. 거의 외설에 가까울 정도이다. 언뜻 보면 플라스틱 의자들도 단체로 소풍 나온 것처럼 비친다. 저마다 적, 황, 청으로 나뉘며 개성 있는 색깔을 지니고 있다. 그들은 곳곳에 얌전히 열을 지어 앉아 있다.

몇 사람이 몰려와 플라스틱 의자 위에 제각기 자리 잡고 앉는다. 가지런한 의자는 그 위에 앉는 사람들도 가지런하게 한다. 금형으로 찍어낸 의자들은 둘씩 넷씩 짝을 이루어 좌석을 만들고 있다. 그래서 그 위에 앉는 사람들도 어쩔 수 없이 짝으로 나란히 앉아야 한다. 조금 다르게 생긴 사람은 조금 다른 생각과 함께 나란히 앉는다. 전혀 다르게 생긴 사람은 전혀 다른 생각과 함께 나란히 앉는다. 그런데 나란히 앉아 있는 것들은 모두 나란하여 제법 비슷비슷하게 보인다. 바로 이런 것을 두고 하부구조가 상부구조를 결정한다는 것인가? 아니면 형이하학적인 것이 형이상학적인 것을? 나도 씨는 고개를 흔들어 모호한 생각들을 떨쳐버리고 일어선다.

사람들이 앉아 쉴 틈도 없이 바쁜 탓일까. 의외로 비어 있는 의자들이 많다. 비어 있는 의자, 그런데 결코 비어 있지만은 않다. 가만히 바라다보면 의자들은 무언가 골똘한 생각에 빠져 있는 듯하다. 가지런히 다리를 모으고 눈썹을 모은 채 눈을 감거나 턱을 고이고 있다. 깍지 낀 놈도 있고 등을 기댄 채 생각의 연기를 모락모락 피워 올리는 놈도 있다. 의자 위엔 아무도 앉지 않았으나 실제 비어 있지는 않다. 저처럼 의자 자신이 여러 모양으로 꽉 차게 앉아 있는 한 말이다.

앉아 있는 의자, 아무도 없이 구석에 혼자 앉아 있는 의자는 아주 편안해 보인다. 모든 것을 비우고 무료히 앉아 있는 의자는 스스로 넋을 놓고 있어 자신이 의자인 것도 잊은 것 같다. 한 남자가 넋 나간 듯한 그 의자로 가서 엉덩이를 걸치고 조심스레 앉는다. 왠지 편해 보이지가 않는다. 의자가 의자임을 잊은 의자는 더이상 의자가 아닌 것인가? 오히려 의자가 그 남자 위에 앉아 있는 듯 편안해 보인다.

나도 씨는 복무하길 거부하는 의자와 그 위에 불편하게 앉아 있는 남자를 떠나 역사 안으로 든다. 드넓은 대합실엔 상춘객들로 넘친다. 그들을 따라온 짐들과 그들이 토해내는 말소리들도 북적댄다. 개찰구에 늘어선 기다란 줄들이 느릿느릿 움직인다. 그러면 뒤이어 새로운 줄들이 꼬리를 물고 이어진다. 줄은 좁다란 개찰구를 통하여 어디론가 사라진다. 양식을 짊어지고 대오를 이룬 개미들이 구멍 속으로 사라지듯이. 그렇게 하여 붐빔은 잠시 텅 빔으로 바뀌고 그 순환은 한참동안 계속된다.

나도 씨는 아가리를 벌리고 있는 그 구멍 속으로 들어가지 않는다. 발길을 돌려 바깥으로 나온다. 미련 없이 역전을 떠난다. 파티마 병원 쪽으로 간다. 길가에 치워놓은 차가 한 대 있다. 충돌 사고로 왕창 찌그러지고 납작해진 승용차 한 대. 차라기보다는 고철더미에 불과한 그것은 무슨 설치 미술가의 작품 같다. 이름하여 문명Ⅱ라든지, 속도 F, 도시 이미지 또는 발가벗기, 휴지처럼 구겨지다, 등의 제목으로 전시된. 역시 부서진 차도 시외로 나가는 큰고개 쪽으로 방향을 잡고 있다. 무엇이 그리 급하였을까. 급한 만큼 빨리 정지해버린 차, 눈 깜짝할 사이에 영원으로 달려간 차, 멈춰버린 속도, 멈춰버린 시간, 멈춰버린 삶, 절망적인 한 순간에 흐르기를 멈춘 피, 그러나 결코 정지할 수 없이 굴러가는 세상.

"두 사람이나 죽었어요, 한 사람은 병원으로 실려 가고."

절체절명의 순간과 함께 멈춰버린 것들을 비집고 말 한 토막이 튀어 오른다.

"새벽에 동해로 나가던 차래요."

사람들은 그렇게 출발점에서 멈춰버리기도 한다. 그때 가까운 동촌 대구공항에서 이륙한 여객기가 막 파티마 병원 상공 너머로 낮게 떠간다. 휴일 나들이를 만보(漫步)로 시작한 나도 씨는 이제 버스를 탄다. 시내로 들어가는 버스이다. 좌석이 여기저기 비어 있다. 버스 안의 사람들뿐 아니라 시내로 들어가는 차량 자체도 적다. 반대로 시외로 나가는 차량들은 많다. 차량 속의 사람들도 많다. 동화사나 파계사, 갓바위 등 팔공산 쪽으로 가는 버스는 승객들이 통조림처럼 꽉 찼다. 그들의 표정도 사뭇 다르다. 교외로 빠지는 차 속 사람들의 표정은 그들의 복장처럼 울긋불긋하다. 웃고 떠들고 의기양양한 가운데 붕 떠서 간다. 반대로 시내로 달리는 차 속의 사람들은 웃지 않고 떠들지도 않고 붕 떠 있지도 않다. 아무도 서 있는 사람이 없으므로 낮게 물밑처럼 가라앉아 보인다. 기막힌 봄날의 레저 인파에 끼이지 못하여 좀은 주눅 든 표정이다. 복잡한 것은 싫어. 시내에 긴한 볼일이 있어. 저마다 합당한 이유들이 있을 것이다. 앞 유리창에 '공용'이라고 쓰인 코란도 12인승 승합차 하나가 노란 깃발을 꽂고 달린다. 깃발은 바람에 펄럭이고 깃발에 찍힌 문구도 펄럭이며 외친다. 사람은 자연보호! 자연은 사람보호!

시내에 들어온 나도 씨는 중앙공원 입구에서 내린다. 대구광역시 중구 포정동 21번지, 옛 대구부의 중심으로 경상감영이 있던 자리이다. 공원이 가까워지자 담장 너머로 살구꽃과 복사꽃 가지가 보인다. 그것 따라 봄 향기도 풀풀 넘어온다. 공원 안에는 봄이 그득 피어 있나 보다.

공원 정문 입구 오른쪽 관리 사무실에는 반달 모양의 구멍 하나가 뚫려 있다. 구멍 바로 위 썬팅한 유리에는 붉은 글씨로 성인 500원 아동 200원이라고 씌어 있다. 백 원짜리 주화 다섯 개를 밀어 넣는다. 초록색 탑 하나가 앉은 표가 나온다. 그걸 들고 조선시대 무시무시한 경상감영 문을 들어선다. 문 앞에 앉아 있던

수문장이 손을 내민다. 들고 있던 초록 탑을 내려놓고 몸만 들어
간다.

'節度使以下皆下馬碑'

입구 왼편에 오래 된 비가 하나 서서 풍우에 닳은 입으로 방을
왼다. 절도사이하개하마비. 이제 막 발설된 어법으로, 오석에 깊
이 새겨진 말이 서슬 푸르다. 절도 사이 개하 마비, 절도사 이하
개 하마비, 절도사 이하 개하 마비, 절도사 이하 개 하마비, 옳지,
절도사 이하 모두 말을 내리시오! 귀가 겨우 그 말을 알아듣는다.
그런데 의문이 하나 생긴다. 말(馬)없이 걸어온 백성은 어떻게 한
다? 나도 씨가 그걸 편하게 바꿔 읽는다. 여기까지 걸어온 사람
은 말을 타고 드시오! 그러자, 비석이 이마가 벗겨지도록 크게 웃
는다. 비석에 새겨진 글자도 웃는다. 비석 옆에 말(馬)없이 서 있
던 제주 하루방도 웃는다. 나도 씨의 마음도 하늘을 향해 웃는다.
배가 쿨렁거리고 가슴이 따뜻해 온다.

하마비를 지나 왼쪽으로 꺾으니 경상감영 현판이 묵직하게 걸
린 옛 건물이 하나 있다. 그 앞에는 두 줄로 선 선남선녀들이 사
진을 찍는다. 이현공단이나 염색공단에서 단체로 휴일 나들이를
나온 공원들 같다. 사진 찍는 사람은 카메라 렌즈 속에 배경으로
서 있는 조선을 집어넣으려고 한다. 자꾸만 뒤로 물러서며 하나,
둘, 하나, 둘, 한다. 사진 찍히는 사람은 찍히는 사람대로 자신들

의 면면과 함께 휴일 기분까지 몽땅 집어넣으려고 한다. 안간힘을 쓰며 하나, 둘, 하나, 둘에 따라 깜박거린다. 찰칵! 한순간 그들은 그렇게 정지된다.

공원에는 무엇이든 많이 있다. 여러 개의 벤치가 있고, 남자가 있고, 여자가 있다. 노인이 있고, 젊은이가 있고, 아이도 있고, 나도 씨 같은 중년들도 있다. 벤치 위엔 데이트가 있고 속삭이는 밀어가 있다. 벤치 아래로는 가지런한 다리가 드리워져 있고 다리와 다리 사이에는 햇살과 적막도 흐르고 있다.

공원에는 시원하게 뿜어 올리는 분수가 있고 부서지는 분수에 반짝이는 햇빛도 있다. 햇볕과 함께 햇볕이 만드는 그늘이 있고 그늘이 먹 감는 연못도 있다. 살짝 살짝 불어오는 봄바람이 있고 봄바람에 피는 꽃도 있고 지는 꽃도 있다. 그 중에 발갛게 피어오른 복사꽃이 있고 복사꽃은 연못 속으로 그림자를 붉게 드리운다. 물에 비치는 하늘에는 한가로이 구름 떠가고 그리로 희고 붉은 비단잉어와 금붕어들이 헤엄쳐 돈다. 바람이 물살 지으며 연못 위로 미끄러지듯 스쳐가고 그 바람에 복사꽃 꽃잎 몇 개가 물살 위로 떨어진다. 나도 씨는 이 모든 것들을 연못가에 놓인 의자에 앉아 보고 있다. 하염없이 물끄러미 또는 물끄러미 하염없이. 공원에는 그렇게 또 꽃피는 세월도 있다.

연못 건너편으로 누가 지나간다. 그 뒤를 이어 한 떼의 노인들이 유령처럼 지나간다. 노인들은 대개 흰옷 차림이고 머리에는 중절모를 쓰고 있다. 그들을 뒤따르는 그림자가 물 위에 비친다. 죽음의 그림자 행진 같기도 하고 무슨 허깨비들의 외출 같기도 한다. 모두들 경로증을 지니고 무료입장하였음에 틀림없다. 그들에겐 매일 매일이 휴일이고 만년 공일이다. 어찌 보면 저들은 멈춰버린 자동차 같다. 더 나아가지 않는다. 어제가 오늘 같고 오늘이 어제 같은 멈춘 시간 속에 고여 있다. 그들에겐 내일이 없다. 오늘만 있다. 지금은 목화송이 같이 형형하게 피어 있으나 내일은 알 수 없다. 홀연히 하나, 둘, 지상에서 사라질 것이다.

나도 씨는 지금 보고 있는 노인들의 모습이 언젠가 보게 될 자신의 모습이라고 생각한다. 무심한 세월, 변화무쌍한 세상에 죽지 않고 살아 있으면. 속절없이 살아 있으면.

나도 씨도 노인들을 따라간다. 노인들은 햇살 소복한 분수대 근처 소나무 그늘 속에 자리 잡고 앉는다. 그들의 머리 위로 하얀 분수가 물보라를 만들며 솟아오른다. 분수대 바닥에 깔린 조약돌들이 발가벗은 채로 떨어지는 물방울에 젖었다 말랐다 한다. 그 주위로는 키 낮은 꽃들이 형형색색으로 피어 분수대에서 흩어지는 물방울에 젖는다. 노랑나비 두 마리가 물보라 사이를 위험스레 날아다닌다. 물보라는 속에다 작고 둥근 무지개를 가두어 놓는다. 비둘기들이 분수대 근처 젖은 풀밭 위에 내려앉는다. 비둘기의 발간 발목이 물기에 젖으며 붉게 드러난다. 노인 하나가 앉은걸음으로 비둘기들에게 다가간다. 주머니에서 무얼 끄집어내어 비둘기 앞에 내민다. 비둘기들이 기우뚱기우뚱 다가와 그걸 쪼아 먹는다. 모이를 주던 노인과 그걸 지켜보고 있던 노인이 비둘기를 구워먹고 싶은지 입을 오물거린다. 문득 아침에 본 골동품 가게의 여물통들이 생각난다. 속이 빈 여물통과 껍데기만 남은 노인들은 잘 어울린다.

나도 씨는 이제 노인들을 떠나 공원의 다른 곳으로 간다. 점점 봄볕이 따가워 오래된 등나무 줄기들이 책받침처럼 떠 있는 그늘 속으로 들어간다. 그늘 속에는 나무로 된 벤치들이 길게 놓여 있다. 한 남자가 벤치 하나를 차지하고 누워 있다. 휴일을 잠으로 때우는 부류 같다. 그는 신문을 덮고 누워 있다. 신문이 덮고 있는 것은 그의 얼굴 부분이므로 아마도 신문을 읽다가 잠들었는지도 모른다. 가볍게 코 고는 소리가 들린다. 펼쳐진 신문에는 최근의 소식들이 가득 실려 있을 것이다. 나도 씨는 바로 그 옆자리에 앉아 펼쳐진 신문의 제목들을 읽는다. 그런데 스포츠 신문이다. 각종 경기 소식들과 연예가 소식들이 지면을 채우고 있다. 나도 씨도 한때 지방 신문사의 문선공으로 일한 적이 있었다. 오프셋 인쇄 기술이 도입되면서 신문의 활판인쇄 시대가 끝이 나고 개인 인쇄소로 옮겨 오늘에 이르렀지만 신문을 만든다는 자부심은 굉장했었다. 푸, 푸, 그가 거친 숨을 뿜을 때마다 얼굴을 덮은 신문지가 들썩거린다. 개미처럼 작은 활자들이 스멀스멀 자고 있는 남자의 코 속으로 들어가고 있는지도 모른다.

바로 건너편 의자에는 대학생으로 보이는 남녀가 아이스크림을 핥아먹으며 앉아 있다. 연인처럼 보인다. 그들은 신발은 벗어 놓고 다리를 벤치에 올려놓은 채 서로 마주보고 있다. 둘은 아이스크림을 먹는 사이사이 서로 얼굴을 건너다보며 웃는다. 그들은 서로 마주 보고 있어서 행복하고 아이스크림을 먹어서 행복하고 휴일 속에 있어서 행복한 것 같다. 남자가 뭐라고 말을 하며 쿡 웃는다. 여자가 아이스크림 든 손으로 남자를 때리는 시늉을 하고 남자는 피하는 시늉을 한다. 그러다가 다시 아이스크림을 핥아먹으며 서로 마주보고 웃는다. 웃을 때마다 여자의 볼에는 보조개가 핀다.

젊은 그들의 옆 벤치에는 중년 차림의 남녀가 앉아 있다. 그들은 젊은이들과는 다르게 같은 방향을 보며 앉아 있다. 나도 씨가 볼 수 있는 것은 그들의 뒷모습과 약간의 옆모습뿐이다. 물론 의자 밑으로 쳐진 남자와 여자의 다리도 볼 수 있다. 어쨌든 두 사람은 봄나들이를 나온 부부처럼 보인다. 부부가 아니라면 부부 같은 사이일 것이다. 그들은 그냥 말없이 무료히 앉아 있어 따분해 보이기조차 한다. 모처럼의 한가함을 주체하지 못하고 있는 것처럼 느껴진다. 그러나 그것은 두 중년을 바라보는 나도 씨의 생각뿐일 수도 있다.

갑자기 나도 씨는 몇 년 전, 그들 부부의 휴일 나들이가 생각난다. 다른 회사들처럼 나도 씨의 회사도 휴일마다 문을 닫기 시작한 때였다. 나도 씨는 처음으로 휴일 가족 나들이를 계획하였다. 그러나 이미 머리가 굵어진 아이들은 따라 나서려 하지 않았다. 할 수 없이 두 내외만 아침 일찍 소풍 가듯 집을 나섰다. 나도 씨 내외는 버스 승강장이 있는 큰길까지 걸어 나와 13번 버스를 탔다. 승객들이 수숫대처럼 빽빽했다. 한 정거장, 두 정거장, 세 정거장, 네 정거장, 다섯 정거장째에 그들은 내렸다. 종점이었던 것이다.

그들 부부가 내린 곳은 동촌 유원지였다. 유원지와 건너편 강둑 사이를 강물이 느리게 흐르고 있었다. 강물은 생각보다 넓고 깊었다. 아직 시간이 일러서인지 유원지는 대체로 한산하였다. 그럼에도 들뜬 듯한 유원지 특유의 분위기가 낯설어 내외는 유원지를 끼고 있는 나지막한 산등성이로 올라갔다. 거기서는 유원지는 물론 유원지를 이루며 흐르는 강 전체가 한눈에 다 보였다. 부부는 전망 좋은 곳에 자리잡고 강물을 내려다보며 앉았다. 강 위에는 찰랑이는 강물을 바로 발밑에서 느낄 수 있는 쇠줄다리가 걸려 있었다. 사람들이 돈을 내고 쇠줄다리에 놓인 좁은 발판을 밟고 강을 건너 오갔다. 그리고 그 위로는 손님을 태운 케이블카가 케이블에 매달려진 채 왔다 갔다 했다.

강에는 여러 척의 배들이 떠 있었다. 배들은 거의 흐르기를 잊은 듯한 강물 위를 한가롭게 떠다녔다. 배 하나가 강 아래쪽으로 흘러가고 있었다. 점점 멀어져 갔다. 나도 씨는 그 배를 타면 세상 어디로든 갈 수 있을 것이라고 생각했다. 아니 이 세상 아닌 곳, 아득한 세상 밖으로 흘러갈지도 몰랐다. 강에는 배들이 점점 더 많아져 갔다. 점점 많아져 가는 배의 무게로 강이 가라앉을지도 모른다는 생각도 들었다. 푸른 강 위에 색색의 배들이 떠 있고 그 배 위로는 하얀 새들이 날아 다녔다. 이따금씩 강둑 너머 비행장에선 크고 작은 비행기들이 굉음을 내며 활주로 위를 오르내리고 있었다. 마침 솟아오르는 여객기를 보며 그의 아내가 말했다.

"나는 언제 비행기 한 번 타 보노?"

"비행기 타고 어데 갈라고?"

"남들은 미국도 가고 일본도 가고 동남아도 잘도 가데."

"우린 버스 타고 동촌 왔잖아."

그의 말을 자르듯 이번에는 전투기들이 폭음을 내며 떠올랐다. 얼룩무늬 전투기들은 편대를 지어 하늘을 쪼개며 서쪽으로 날아갔다. 아내가 다시 말했다.

"전쟁 난 것 같애!"

"전쟁 같은 건 나지 않아."

"동촌에만 와도 전쟁이 남의 나라 일 같지 않은데?"

"공군기지 근처라서 그래."

그날 소풍은 일찍 끝났다. 집에 돌아오니 점심때가 조금 지나 있었다.

그 이후 그들은 휴일 나들이에 나서지 않았다. 그처럼 밋밋하고 무료한 휴일 나들이는 한 번으로 족했던 것이다. 그러나 나도 씨의 휴일 나들이는 계속되었다. 그 누구와도 동행이 아닌 혼자만의 나들이였다. 그는 도무지 휴일에 집에 있을 수 가 없었다. 비가 오나 눈이 오나 한결같이 출근해야만 했던 그의 오랜 일과가 버릇을 넘어 생리화된 것이었다. 그래서 무작정 집을 나서 남들처럼 악착같이 휴일 속으로 들어갔다. 처음 얼마 동안은 휴일 나들이가 몸에 익지 않은 동작처럼 영 어색하고 서툴렀으나 시간이 지나면서부터는 그에게 가정과 직장 외의 유일한 세상 나들이가 되었다.

나도 씨는 생각에서 깨어나 시계를 본다. 정오가 훨씬 지나 있다. 공원에는 따로 식당이 없다. 간단하게나마 점심을 때우려고 매점으로 간다. 매점 앞에는 청량음료 회사에서 기증한 둥근 철판 테이블과 플라스틱 의자들이 있다. 철 테이블 가운데 뚫린 구멍에 커다란 비치파라솔이 꽂혀 있다. 테이블이나 의자, 파라솔에는 그것들을 기증한 회사의 마크와 광고 문구, 그리고 상징 색깔로 가득 채워져 있다. 전체적으로 진분홍 또는 진갈색이 주조를 이룬다. 미국에 본거지를 둔 이 음료회사의 광고들은 우리나라의 레저문화를 선도해왔다. '타는 목마름, 오직 그것뿐!' '언제 어디서나 코카콜라!' 우리는 그 음료광고의 카피처럼 살아온 것이다. 그들은 광고에서 한 번도 일하는 사람들의 모습은 보여주지 않았다. 오로지 땀 흘리며 즐기는 스포츠나 레저 속에서 갈증을 풀어주는 시원한 음료로만 각인되었다.

나도 씨는 빵과 우유를 사서 비치파라솔 밑으로 가지 않고 등나무 밑 벤치로 가 앉는다. 벤치에 있던 젊은 남녀와 중년 남녀는 식사라도 하러 갔는지 보이지 않는다. 신문지를 덮고 자고 있던 남자도 안 보인다. 대신 개를 데리고 나온 할머니가 한 사람 앉아 있다. 요기를 마친 나도 씨는 잠시 벤치에 기대어 스르르 오수에 빠져든다. 잠 속에서 나도 씨는 자신이 환히 열리는 것을 느낀다. 사통오달 환히 열려 세상 온갖 것들이 드나드는 것을 느낀다. 그러면서 자신의 몸이 가벼워지고 환해지는 것을 느낀다. 가볍고 환함 속에 언제까지 잠겨 있고 싶은데 잠이 깨인다. 잠을 깨자, 아쉽게 몸속의 환함 같은 것은 사라지고 없다.

나도 씨는 졸음을 털어 내기라도 하듯 벌떡 일어서 공원을 빠져나와 지하도로 내려간다. 중앙 지하상가와 연결된 대구은행 앞 지하보도 한가운데 깡마른 노파가 앉아 있다. 그 노파는 방금 막 보도블록을 뚫고 지하에서 솟아오른 듯하다. 플라스틱 소쿠리 하나를 받쳐 들고 행인이 지나칠 때마다 불쑥불쑥 내밀며 말한다. 적선합쇼. 적선합쇼. 노파는 한 번도 고개를 들고 사람을 쳐다보지 않는다. 언제나 다가오는 기척만 살피고 발걸음만 쳐다본다. 사람들은 무심코 그 앞을 지나가다가 느닷없이 들이미는 노파의 소쿠리에 깜짝깜짝 놀란다. 머리를 풀어헤치고 눈빛만 빛나는 노파의 앙상한 목소리는 적선이 아니라 정의를 요구하고 있는지도 모른다. 내 몫 내놔. 내 몫 내놔.

주머니를 뒤져 동전 두어 개를 던져 넣은 나도 씨는 노파를 피해 도망치듯 지상으로 올라온다. 지하도 계단 몇 개를 오르자 엷은 봄 하늘이 각진 빌딩들 사이에 걸려 있다. 대구은행 빌딩과 로얄빌딩, 대우빌딩과 미도빌딩의 모서리들과 그 위로 솟은 광고탑이 하늘을 제도(製圖)하고 있다. 제도된 하늘은 마치 찢어진 커다란 스카프처럼 보인다. 좀 있으면 그 하늘을 재단할 밝은 가위 하나가 초승달로 떠오를 것이다. 오후가 되어 그런지 시내에는 사람들로 넘친다. 중앙로를 비롯한 거리와 동성로로 이어지는 상가 골목들이 젊은 남녀들로 가득하다. 아침 일찍 들로 산으로 쏟아져 나간 사람들이 있는가 하면 느지막이 늦잠에서 일어나 시내

도심으로 쏟아져 들어오는 사람들도 있는 법이다. 그들은 모두 젊고 아름답고 활기차다. 그들 또한 시외로 빠져나간 사람들처럼 행복에들 겨워하고 있다.

　나도 씨도 그들 중의 하나인 양하며 자신을 인파 속에 묻는다. 그러나 아무래도 어색하다. 도심을 활보하는 젊은이들의 물결 속에 자신은 끼어들 수 없음을 깨닫는다. 어디론가 숨고 싶다. 마침 중앙로와 이어진 골목 안에 소극장 건물과 상영 중인 영화의 간판이 보인다. 나도 씨는 슬그머니 소극장 안으로 사라진다.

　극장 안은 자루 속처럼 컴컴하고 제목도 모르는 영화는 돌아가고 있다. 눈이 어둠에 익을 때까지 입구 벽 쪽에 가만히 붙어 섰다가 빈자리를 찾아가 앉는다. 외국 영화이다. 시설도 안 좋은 소극장, 그저 그런 영화인가. 좌석이 듬성듬성 비어 있다. 갑자기 화면이 바뀌고 한 남자가 호텔 로비에 나타난다. 올백 한 머리는 뒤로 묶어 내렸다. 사내는 성큼성큼 Toilet 표시가 있는 화장실 쪽으로 걸어간다. 그런데 그가 들어간 곳은 놀랍게도 여자 화장실이다. 화장실 안에는 방금 볼일을 본 듯한 여자가 거울 앞에 서서 화장을 고치고 있다. 다른 사람은 없다. 여자가 남자를 보고 깜짝 놀란다. 입을 동그랗게 오므리며 쳐다본다. 여자의 오디 빛 입술이 감각적이다. 남자가 쉿! 하듯 권총을 빼내 자신의 입술에 대고는 아직도 입을 벌리고 있는 여자에게 다가간다. 여자를 거울 앞

화장실 바닥에 무릎 꿇게 한다. 무릎 꿇고 있는 여자의 관자놀이에 총을 겨눈다. 총은 검고 반질반질하다. 사내의 손에 쥐어진 총이 꼭 성난 남성의 성기 같다. 끝이 뭉툭하고 매끈한 총이 여자의 관자놀이에서 하얀 목덜미로 부드러운 곡선을 그리며 움직인다. 다시 뺨으로 옮겨가 여자의 벌린 입 쪽으로 다가간다. 그러면서 남자의 냉혹하리만큼 무표정하던 얼굴이 차츰 무너진다.

남자가 다른 손으로 지퍼를 열며 바지 속에서 성기를 끄집어낸다. 팽팽히 부풀어 있다. 남자의 그것을 총 대신 여자의 오디 빛 입속으로 밀어 넣는다. 이제 화면은 한입 가득 성기를 물고 있는 여자의 얼굴과 거울 속 남자의 얼굴을 오가며 비춘다. 사내의 얼음같이 차갑기만 하던 얼굴이 뜨겁게 달아오르며 빠르게 일그러진다. 사내의 거친 숨소리와 신음소리가 화면을 가득 덮는다.

나도 씨는 자기 사타구니 속에서 무언가 꿈틀거리며 커지고 있는 것을 느낀다. 더 이상 앉아 있기가 거북하여 밖으로 나온다. 바깥은 환하고 저녁답의 봄볕이 쨍쨍하다. 나도 씨는 다소 눈을 과장되게 찌푸린다. 부끄러움을 감추어 보려는 것이다. 나도 씨는 사람들을 피해 오래된 주택가 골목길로 들어선다. 진골목이다.

골목을 걸어갈 때마다 골목들은 조금씩 내부를 열어 속을 보인다. 그것은 그에게 유혹이 되었다. 오늘은 기꺼이 그 유혹에 따른다. 골목이 어디론가 가고 있다. 풀숲을 가르며 가는 뱀처럼 꼬불꼬불 낮은 지붕들 사이로 가고 있다. 골목은 골목을 만들며 또 다른 골목을 열면서 간다. 골목은 골목에서 자유, 골목에서 해방, 골목에서 이르지 않는 곳이 없고 닿지 못하는 데가 없다. 골목은 골목에서 전지전능, 골목을 통하지 않고는 삶에 도달할 수가 없다. 제 속으로 제가 들며 골목은 골목으로 살아 있어 기관지이고 혈관이고 신경조직이다. 골목은 큰길로 척후도 내보내며 첩보도 한다. 한 번도 대로로 나가지 않으나 대로를 꿰차고 앉아 있다. 골목은 골목에서 막힌 데 없이 골목의 나라를 만들며 골목으로 완성된다. 골목은 없는 것이 없다. 장대 끝에 헝겊 매어놓고 둥둥 북 치고 징 치며 점괘 고르는 귀신도 살고 있다.

자루 같은 소극장을 떠나 뒷골목으로 숨어든 나도 씨는 큰창자, 작은창자, 막창자를 지나 마침내 항문으로 밀려나는 똥덩이처럼 골목 바깥으로 놓여난다. 이제 나도 씨는 서쪽 하늘을 붉게 물들이며 넘어가는 해를 뒤로하고 반월당 쪽으로 걸어간다. 반월당 네거리에서 집으로 가는 버스를 탈 참이다. 그가 걸어가고 있는 동안 석양은 도시를 붉게 물들인다. 하루 중 가장 아름답고 평화로운 때이다. 나도 씨는 절로 힘이 난다. 그 힘을 느끼고 싶은 듯 팔을 앞뒤로 흔들며 빨리 걷는다. 어느새 현대증권과 현대생명이 들어 있는 현대빌딩 앞이다. 비끼는 저녁햇살에 온통 유리창뿐인 7층 높이의 현대빌딩은 번쩍거리는 불기둥 같다.

바로 그 불기둥 앞에 한 무리의 청년들이 서 있다. 그들은 무언가를 소리 높여 외치고 있다. 모두들 무지 양복에 단정한 넥타이를 매고 머리는 짧게 깎았다. 그들은 줄지어 서서 이리저리 움직이며 팔을 들었다 놓았다 하거나 내뻗었다가 거두어들였다 하며 외치고 있다. 그들은 보험회사의 새로 뽑힌 영업 사원들 같다. 우리는 할 수 있다. 할 수 있다. 무엇이든 할 수 있다. 나는 한다. 한다. 반드시 한다. 석양 속에서 듣는 그들의 외침은 왠지 깊은 우물 속에서 울려오는 소리처럼 공허하다.

버스는 이제 집으로 돌아가는 사람들로 붐빈다. 시외로 나갔다가 시내로 들어오는 사람과 시내에 나왔다가 집으로 돌아가는 사람이 뒤섞여 있다. 이제 그들 사이엔 구분이 없다. 서로서로 친밀감을 느끼며 하나가 되어 귀가한다. 나도 씨도 다른 사람들과 하나가 되어 흔들리며 가고 있다. 버스 천장에서 내려온 손잡이들이 두 줄로 나란히 드리워져 있다. 그것들은 어찌 보면 공중에서 내려온 교수대의 올가미 같기도 하고 수갑 같기도 하다. 서 있는 사람들은 달리는 버스에서 중심을 잃지 않으려고 그것들 속에 손을 넣고 있다. 나도 씨의 손목에도 수갑이 채워져 있다. 교수대의 올가미나 수갑 같은 속박이 때로는 사람들의 흔들리는 중심을 바로잡아 주기도 한다. 반짝하며 실내에 불이 켜진다. 바깥은 벌써 어둠살이 끼고 있다.

집으로 들어가는 길 입구에서 버스를 내린 나도 씨는 땅거미
진 길을 걷는다. 나도 씨의 옆과 앞뒤에도 사람들이 걷는다. 휴일
나들이에서 일상의 삶으로 서둘러 돌아오고 있다. 어둑할 때 사
람들은 돌아온다. 저마다의 둥지로. 그러나 어두워져도 돌아오지
못하는 사람도 있다. 더러는 한밤중이 되어서야 돌아오기도 하고
그 다음 날 돌아오기도 한다. 또 어떤 사람들은 영영 돌아오지 않
기도 한다.

어둠 속에 오래 남아 일하는 사람도 있다. 어둠 속에 섞인 희끄
무레한 낮에 기대어 어둠을 묶어내는 사람들이다. 하루의 안식으
로 귀가하기 위하여 남은 짐바리를 챙기는 사람도 있다. 식구들
속으로 허허롭게 갈 수 없어 마지막 땀방울을 거두고 있다. 나도
씨는 늦도록 희끄무레하게 남아 있는 사람들 곁을 쉽게 지나칠
수 없다. 그의 마음이 잠시 거기에 묶인다. 모든 하루의 끝은 저
녁이다. 모든 존재들이 저녁을 기다리는 것은 저녁의 잠과 휴식
이 있기 때문이다. 나도 씨는 언젠가부터 외우고 있는 휴식이라
는 시 한 편을 가만히 암송해 본다.

날이 저물고 있다.
여자들은 나가 빨래를 걷고

돌아오는 아이들

발자국 소리 힘차다.

이제는 유예의 시간

지구도 정해진 동안

그 운행을 멈추고

세상의 가장 못난 한 사람에게도

삶이여, 휴식을 주라!

그로부터 5년이 지난 오늘도 나도 씨는 휴일 나들이에 나섰다가 돌아오고 있었다. 전과 비슷한 코스, 비슷한 순서로 휴일 나들이를 다녀오고 있는 것이다. 달라진 것은 별로 없었다. 다만 몇 가지, 변한 것이 있기는 있었다. 나도 씨의 나이가 다섯 살 많아졌다는 것, 그래서 머리가 더 많이 희어졌다는 것, 중앙공원의 이름이 경상감영공원으로 바뀌었다는 것, 그것이 무료로 개방되었다는 것, 또 지하철이 개통되어 시내버스보다 더 값싸고 빠른 대중 교통수단이 되었다는 것, 학교나 관공서는 물론이고 시내 곳곳에 내걸린 현수막 문구가 바뀌었다는 것 등이다. 이른바 문민정부의 구호가 국민의 정부 구호로 바뀐 것이다. 바람에 펄럭이는 현수막들이 붉게 말한다. 내가 내놓은 금붙이가 나라경제 구한다! 구조조정 빨리 하여 IMF 탈출하자!

그러나 나도 씨의 오늘 나들이는 전과 많이 달랐다. 특히 마지막이 많이 달랐다. 어둠이 짙어지며 여기저기 불빛들이 비명처럼 돋아났다. 나도 씨는 집으로 들어가는 골목길 앞에서 머뭇거리고 있었다. 사장이 어제 그를 불러 말했던 것이다.

"오랫동안 우리와 같이 일했는데 안됐습니다. 다음 주부터 쉬십시오. 회사가 정상화되면 다시 연락하겠습니다."

이 말은 나도 씨에겐 이제 돌아갈 월요일이 없다는 얘기였다. 그러니까 오늘은 그의 마지막 휴일이었던 것이다. 회사가 정상화되면 연락하겠다고는 했지만 나도 씨는 그 말을 믿지 않았다. 더이상 활판인쇄를 고집하는 인쇄소는 어디에도 없었다. 아니 인쇄업 자체가 이미 사양길에 들어선 것이다. 어쩌면 그가 이 시대 마지막 문선공인지도 몰랐다.

나도 씨는 어두운 골목에 한참이나 서 있었다. 어둠 속을 막막히 바라보다가 눈을 들어 하늘을 바라보았다. 하늘에는 벌써 별들이 여러 개 돋아 반짝이고 있었다. 갑자기 그의 눈이 활짝 열렸다. 개밥바리기별이 크고 밝게 떠 있었다. 나도 씨는 눈을 깜박이며 건너편 고층 아파트 위에서 반짝이는 그 별을 쳐다보았다. 아름다웠다. 아름다운 그 별은 돌아갈 월요일이 없는 그를 부르듯 손짓하고 있었다. 그래, 저 별로 가자! 나도 씨는 광장을 가로질러 어둠 속에 솟아 있는 아파트로 갔다. 관리실엔 관리인이 TV를 보고 있었다. 몸을 움츠리고 숨어들었다. 승강기 앞에 서 있다가는 들킬세라 계단으로 올라갔다. 그가 오르는 계단에는 충계마다 잘 닦여진 노란 금속이 박혀 불을 켜지 않아도 잘 보였다. 반짝거리는 계단을 한 계단 한 계단 올라가며 나도 씨는 어쩌면 이 계단이 하늘 문에 이르지 않을까, 하는 생각도 했다. 마지막 몇 계단을 오르자 옥상이었다.

어두운 하늘이 바로 머리 위까지 내려와 있었다. 그가 본 별은 그 속에서 더욱 밝고 더욱 크게 반짝였다. 손을 뻗으면 아득히 잡힐 듯했다. 나도 씨는 옥상 가장자리로 가 내려다보았다. 모든 것들이 눈 아래로 들어왔다. 도시의 크고 작은 집들이 눈을 뜨듯 불을 켜고 있었다. 고개를 돌려 건너편 쪽의 어둠 속을 응시했다. 어둠 속 골목 끝자락에 그의 집이 웅크리고 있을 것이다. 그의 아내가 지금쯤 전등불을 켜고 돌아올 시간이 지난 그를 기다리고 있을 것이다. 그러나 그는 더 이상 집에 갈 수가 없었다. 그에게는 출근해야 할 월요일이 없어졌기에 결코 내일로 갈 수가 없었다.

나도 씨는 고개를 돌려 다시 별을 바라보았다. 그가 갈 수 있는 곳은 저 밝고 따스한 별뿐이었다. 이제 여기서 날아가기만 하면 되었다. 나비처럼. 새처럼. 그래, 날 수 있다. 이곳은 하늘 속이니까. 난간 위로 올라가 새가 날개 펴듯 두 팔을 좍 옆으로 벌리기만 하면 될 것이었다. 그의 얼굴은 별로 가겠다는 열망으로 빛났다. 아슬아슬 난간 위로 기어 올라가 잠자리가 날개를 펴듯 두 팔을 벌렸다. 잠시 뒤, 나도 씨는 난간을 박차며 어두움 저편으로 날아갔다.

30대 후반에 문단에 나온 박방희 소설가는 마치 가두어 놓은 물꼬를 열듯 그동안 시, 동시, 시조, 동화, 소설, 에세이 등 문학의 전 장르를 섭렵하며 활발하게 창작 활동을 해온 작가다. 이미 동시와 시, 시조로 30여 권의 작품집을 펴냈지만, 소설집은 이번에 처음 출간한다. 따라서 그의 첫 소설집은 박방희 소설가의 소설 작품 세계를 한눈에 모아 보여주고 있는 셈이다. 이번 작품집에는 장편소설(掌篇小說)이라고 불리는 11편의 짧은 소설과 5편의 단편소설을 실었다. 이 작품들을 읽으면서 '참 따뜻한 가슴을 가진 작가구나'하는 생각을 했다. 우리의 소소한 일상은 물론이고 때로는 가슴 아픈 이야기마저도 그는 서정적인 문장으로 아름답게 그리고 있다. 가슴 아픈 사연임에도 작가 특유의 시선에서 빚어

내는 문장이 그 아픔을 따뜻하게 녹여내고 있다.

박방희 소설을 관통하는 제재는 다양한 형태로 살아가는 사람들의 삶의 굴곡진 애환들이다. 때로는 부드러운 시선으로 때로는 날카로운 시선으로 그 삶들을 꿰뚫으며, 그 속에 녹아 있는 사랑과 아픔을 꺼내 우리에게 보여주고 있다. 우선 박방희 소설가의 작품에서 일관되게 눈길을 끄는 것은 부드럽고 아름다운 문장이다. 그러면서도 서사를 이끄는 힘이 넘친다. 아마도 이는 시와 동시 등 운문 장르를 함께 활동한 박방희 소설가의 장점이 아닌가 싶다. 일흔이 넘은 나이에 첫 소설집을 냈지만, 나는 지금부터 박방희 소설가의 창작활동이 물꼬를 트듯 왕성하게 이어져 우리를 놀라게 하지 않을까 큰 기대를 한다.

■ 김호운 소설가, 한국소설가협회 이사장, 한국문인협회 부이사장